不可思议的文学课

[美] 莎伦·克里奇 / 著
李志宇 / 绘　陈宇飞 / 译

GUANGXI NORMAL UNIVERSITY PRESS
广西师范大学出版社
·桂林·

不可思议的文学课
Bukesiyi De Wenxue Ke

出版统筹：伍丽云
质量总监：孙才真
责任编辑：吴　琳
助理编辑：张　也
责任美编：赵英凯
责任技编：马萁键

图书在版编目（CIP）数据

不可思议的文学课 /（美）莎伦·克里奇著；李志宇绘；陈宇飞译. -- 桂林：广西师范大学出版社, 2025. 2. --（魔法象）.
ISBN 978-7-5598-7278-4

I. I712.84

中国国家版本馆 CIP 数据核字第 20243Y3L98 号

广西师范大学出版社出版发行
（广西桂林市五里店路 9 号　邮政编码：541004
网址：http://www.bbtpress.com）
出版人：黄轩庄
全国新华书店经销
唐山富达印务有限公司印刷
（唐山市芦台经济开发区农业总公司三社区　邮政编码：301501）
开本：880 mm × 1 240 mm　1/32
印张：6.875　　字数：110 千
2025 年 2 月第 1 版　　2025 年 2 月第 1 次印刷
定价：32. 80 元

献给那些为人照亮前路的

斯特里奇贝里和莱特斯通们。

告诉我，对这狂野而宝贵的一生，你有什么打算？

——玛丽·奥利弗（美国诗人）

第一章
自我介绍

我想问你：你是谁？

亲爱的莱特斯通老师：

我叫吉娜·菲洛梅纳，今年十一岁。

老师们有时觉得我注意力不集中，可他们其实是说我没有把注意力放在老师身上。实际上，我用心关注着许多其他的东西，比如窗外的动静、教室的杂音（哼音乐、打拍子、打响指或者抽鼻子），还有各种各样的气味（有的好闻，有的不好闻）。不过，我会尽量把注意力放在您身上的。尽量。

您的学生

吉娜·F

新来的老师要我们写份自我介绍，我就写了上面这些。我没有写天使的事情，也没有写那个能看到幻象的男孩。

没必要吓着她。

第二章

新邻居

离开学还有一个月的时候，新邻居带着他们的猫搬进了我家隔壁的房子。我看见那只猫孤零零地坐在爸爸种的欧芹上面，就想摸摸它，哪知道它立马炸了毛。接着，一个高个子男孩从开走的货车后面突然出现，一把抱走了它。

“它叫郁闷先生。它可摸不得，”他说，“凶得要死。”

男孩有多大不好说，看上去似乎跟我年龄相仿。他又高又瘦，但也不是皮包骨那种瘦，活动起来给人一种骨头和关节连接得十分松散的感觉。他的头发是黑色的鬈发，两侧短顶上长，额前的头发撇向一边。他的眼睛乌黑明亮，皮肤是那么细腻。当时他一手拿着折刀，一手拿着小块木头。

我一眼就喜欢上了他。他的身上有种平静、轻松的气质，还有些和善。不过，最吸引人的还是他的笑：一种满面春风、熠熠生辉、热情友好的笑。

后来，我在回想那种笑容和它对我的影响时才意识到，人们通常很少会笑得那么胸无城府、平易近人。难怪我在初见安东尼奥大大方方的笑容时会猝不及防，目瞪口呆。如果换作是你，估计也一样吧。

“你要住到那边吗?”我问他。

“大概是吧。”他朝我家的房子点点头，“那你要住到那边喽?”

“我本来就住在这里。我叫吉娜。”

他轻拍胸膛，回答:“安东尼奥。”

这时，一个年龄稍长的女孩从屋里走到门廊上，冲他吼道:“呆瓜！我们这边正缺人帮忙呢！”后来我得知她叫卡洛塔，是安东尼奥的表姐，而且安东尼奥的奶奶也要搬过来住。

新邻居刚来的那个星期里，我很少

见到他们。虽然偶尔听见有人喊郁闷先生，可是等我跑到窗前看时，猫已经溜进他们家打开的大门了。

我问爸爸对我们的新邻居有什么看法。

他摩拳擦掌，凑近来回答："啊！肯定是间谍。你觉得呢?"

我爸就爱胡思乱想。

有一次，在杂货店里，收银员给我们结账时耽搁了很久，老爸就怀疑她是不是在录完订单信息后敲暗码。离开商店的时候，他一边仔细检查收据，一边说："这里面说不定藏着一条密文，比方说'帮帮我。我被绑架了。'什么的。"

说来奇怪，我在初见那个叫安东尼奥的男孩时也差不多是这种感觉。兴许他就是用那种笑容向空中发送密文的呢。不管他是不是真的需要我的帮助，我都有一股强烈的冲动要帮他。

第三章

露琪亚天使、格鲁布一家和噼里啪啦一家

我的奶奶农娜·菲洛梅纳喜欢讲露琪亚天使的故事。那位爱使性子、喜怒无常的天使住在“意大利的群山之上，那里的地是巧克力色，天是纯净无瑕的蓝”。

有一次，山下的村民为了一块地争吵不休，露琪亚天使便在仲夏时节朝他们扔下了一桶桶冰雹。

另一次，有个厨子拒绝向乞丐施舍一片新鲜出炉的馅饼，露琪亚天使索性把所有晾在窗台上的馅饼都咬出了小窟窿。

还有一次，某个家境贫寒的姑娘出嫁时没钱买花束，露琪亚天使就把全镇搜了个遍，从各家院子里剪下花朵，为她做成了一束捧花。

无论这些故事听起来多么离谱，我都从来没有怀疑过露琪亚天使。我欢迎她，敬慕她，信赖她。

可并不是所有人都买露琪亚天使的账。比如，我妈听到这些可能会说：“真的吗？真的吗？兴许露琪亚天使馋馅饼吃吧。”也可能会说：“真的吗？我倒是希望露琪亚天使朝格鲁布一家扔点儿冰雹呢。”

格鲁布一家是新邻居搬来以前住在我家隔壁的人，他们家有三个凶巴巴、讨人嫌的男孩子。那三个家伙出口成“脏”，朝别人家房子扔鸡蛋，用树枝打人，还把臭烘烘的垃圾摆在门前的车道上熏人。爸爸叫我别理他们，还说如果露琪亚天使听到他们的脏话，肯定会用糖浆把他们的舌头粘在腭上。

好在格鲁布一家搬走后，迎来了新邻居和那个高个子男孩安东尼奥。他们一点儿动静也没有。

不过，我家附近并没有清静下来，因为哈奇街对面还住着克拉弗蒂一家子，他们家有七八个小孩（多到数不清）和一条狂吠的小狗。我爸管他们叫“噼里啪啦一家”：小孩跑来跑去，叫喊打闹；大人跟着嚷嚷，不是命令他们闭嘴、回屋、滚蛋，就是制止他们打人、抡拳、吐口水、扔东西；小狗则咿咿呀呀、呀呀咿咿地叫个不停。我宁愿绕个大圈躲开，也不愿路过那户人家。

第四章
光芒、花粉和大象

新邻居搬来几天后的某一天，我剪草时突然发现安东尼奥从屋里出来了。他走到自家院子后面，一边往灌木丛里窥探，一边蹑手蹑脚地沿着林际线走动。

“你在找郁闷先生吗？”我问他。

“不是。今早你有没有看见什么奇怪的东西，比方说长得飞快的或者滴着花粉的？”

“呃……没有。”

他一身白色 T 恤配黑色短裤，皮肤是那么细腻，脸上笑容依旧。

他接着说：“昨晚我看见一团比月亮还大的白光，漆黑的夜空都被照亮了。它被橙色的光晕包围着，嗖地一下飞过树冠上方。”他边说边用胳膊划过空中，“然后从圆形变成扁平，像个煎饼。”

“煎饼?”

“好亮好亮，接着就消失了。”

“不知道会是什么呢。”

“它消失后，那边的树冠都变黑了。”他指着那些树告诉我，“地上还长出了高大粗壮的绿茎，越长越高，最后变得跟——跟我一样高了!”

“跟你一样高?”我忍不住朝他比画的方向望去。

“而且还开出了像天鹅绒一样柔软的红花，滴着黄色的花粉。就在那边。”说着，他用两手在空中画圈，然后手指抖动着向下摆动，模仿飘落的动作。

我什么也没有看到：没有焦黑的树，没有破土的绿茎，也没有滴着花粉的红花。我不禁脱口而出：“那现在呢？在哪里——”

“都不见啦！可是那些真的发生了，而且我看到了。”

两天之后，我在倒垃圾的时候听见安东尼奥的表姐卡洛塔在他们家后门喊我。

“那谁！你有没有看见安东尼奥?”

“嗨，我叫吉娜——”

“有没有看见安东尼奥?”

“没有。他——”

门啪的一声关上了。

接着，安东尼奥突然从灌木丛后蹦了出来，用一根手指抵着嘴巴，说:“嘘——”

“看来你不想被找到。”我说。

“没错。”安东尼奥像是书接上回似的告诉我，“话说，昨天我看见那头大象了。”

“大象？什么大象?”

“就是街上那头呀。”

“我在这条街上还从没见到过大象。”

“是吗？噢，可能它是新来的吧。总之，我看见它的头上坐着一只青蛙。”

我不禁怀疑自己是不是听错了:“青蛙？坐在大象的头上?”

“嗯，后来大象抬起鼻子，在脑袋上面摸索起来。”安东尼奥边说边在自己头上有模有样地摸索着，“摸到青蛙后，大象就用鼻子卷起青蛙，把它放到了地上。动作很轻，就像对待小婴儿一样。”

他又露出了那种笑容。牙齿上仿佛随时要闪耀点点星光。

“一头大象……一只青蛙……真希望我也能看到。”说完，我凑近他，悄悄地问，“你是不是需要什么帮助?”

“不需要。”他也悄悄地回答，“你需要吗?”

“不需要。”

我把安东尼奥看见大象的事情告诉了爸爸妈妈。“真的吗?一头大象？”老妈一边向窗外张望一边说，“今天还没在这边见过大象呢。哪天都没有。”

老爸说：“这种事情谁说得准。那个男孩是什么时候看见大象的?”

“昨天吧。”

“咱们出去走走，”老爸已经开始套夹克了，“看看我们能不能发现大象。”

于是，我们就沿街寻找，路过了十来座和我家一样的平房，还路过了闹腾的噼里啪啦一家（有两个小孩在树上冲树下的另一个嚷嚷；有一个小孩正在把垃圾桶踢到车道上；有两个小孩在朝屋子扔皮球；还有一个小孩在捶门大喊：“让我进去！让我进去！”；那条小狗则拖着红色的狗绳，一边咿呀叫唤，一边咬人脚踝）。我们走完整条街，绕着街区走了一圈，最后一无所获地回了家。

“没有大象。”老爸最后宣布，“估计被人偷走了。”

“爸!”

“很有可能是噼里啪啦家偷的。”

第五章

农娜·菲洛梅纳、天使和冲突

每年我过生日的时候，远在意大利的奶奶农娜·菲洛梅纳都会给我寄来关于露琪亚天使最新事迹的信件，还有花花绿绿的穿戴的东西——围巾、衬衫或半身裙。这些东西不仅用料纤柔，而且配色难得一见：绛红配祖母绿，或者钴蓝色配亮金色。

镇上没人穿这种衣服，所幸在我上学的头几年里，其他小孩对我的穿着并不关心，我也对他们的穿着不太关心。直到我八岁还是九岁的时候，他们才开始对我的穿着发表意见。既有笑我的，也有学我的。学我的人会戴上彩色的围巾，或者穿上鲜艳的衬衫、毛衣去学校。可是我的那些衣服实在不易模仿，起码在我们周边的店铺买不到。

有一次，某个学生的母亲特地找上门来，向我父母告状。

“这样不公平。”她说，“我家闺女成天抱怨：‘我为什么不能打扮成吉娜那样？我为什么不能戴彩色的围巾？’我都快被逼疯了。拜托，你们就不能让她穿得跟大家一样吗？”

爸爸妈妈认真倾听着，不时点头表示理解。听完之后，我妈告诉她：“可并不是我们给她弄衣服穿呀。”

“你懂我的意思。”那个女人说，“给她弄正常的衣服穿。”

“什么叫正常的衣服？”

“你懂的，你懂的！四处瞧瞧，看别家孩子怎么穿。”

“可是这些衣服是孩子她奶奶从意大利寄来的。这么做能让她快乐。您希望我们剥夺老人家的这份乐趣吗？”

“我不管！”那个女人不依不饶，“反正你们得做点儿什么！我都快被逼疯了，而且不止我一个人这么想，知道吗？”

“哦？”

“想听自会听进去。”撂下这句话后，那个女人就走了。

这些我在厨房里全听到了。爸爸对天摊手，哀叹道：“世人的脑子里尽是糨糊！”然后，他拍拍我的肩膀，告诉我：“在我眼里，你的穿着无可指摘。”

后来爸爸妈妈再也没提那个家长告状的事情，我也没把她说的话放在心上。这倒不是因为我对其他小孩抱怨、忌妒的事情不在乎，而是因为我实在不明白——我不明白为什么会有人想跟别人看起来一样。

所以，爆发冲突也是在所难免了。

那是一个炎热多灰的日子，放学之后我和其他同学一起走下校车。

一个女生突然说："你！吉娜！吉卜赛人！"在说"吉卜赛人"这个词的时候，她的语气满是鄙夷，每个字都透着柠檬汁的酸味。

格鲁布三兄弟平时就总是满肚子无名火，所以其中两个一看到有人找碴儿就来劲了。

"对，吉娜！吉卜赛人！"他们也跟着起哄。

另一个则说："把我的墨镜拿来。哎哟，我都快被她亮瞎眼了。"

那个叫骂我的女生一把扯掉了从我腰上垂下的丝巾。她用力很猛，不但撕碎了丝巾，还把我险些拽倒。

"怎么了？"我心平气和地问，没有一丝挑衅，因为我以为这只是个一时兴起的游戏。

那个女生逼上前来，近得让我都能闻到她嘴里口香糖的肉桂味。“你还真是自命不凡呀。”她说。

格鲁布兄弟齐声应和：“自命不凡的吉卜赛人！哟，真是自命不凡呀！”

那个女生在我脸上扇了一巴掌，然后两手叉腰地站在我面前，故意激我。

“意大利的那位天使——”我告诉他们。

“哈哈哈！你们听见了吗？”一个男生说，“天使？还是意大利的？”

“肯定会——”

“肯定会怎么着？”那个女生问我。

我把残存在屁股上的丝巾捋平，接着说：“意大利的那位天使肯定会把你的话冻成冰，让它们像小冰砖一样落到地上。”

现场一阵沉默，男生女生都在琢磨我的话。过了一会儿，那个女生才咆哮着回答：“你以为你是谁？竟然扯什么狗屁天使！”

从脸上的表情来看，格鲁布兄弟中的一个似乎还在思考我的话，试着想象词语像冰砖一样坠落在地是什么样子。突然，他抓起一把石子，朝我扔了过来——大概是因为他自己无话可说，又把脚下的碎石想象成了词语，也可能仅仅是因为他脚下正好有碎石。

石头砸中了我的额头和胳膊。就在我转身走开的时候，其他人也抓起石子，朝我扔来，而且这次扔得更加用力了。

这种情况下只有一种做法了：召唤意大利的那位天使。

第二天，我爸陪我去了校长办公室。那里已经有几个母亲和她们的孩子——朝我扔石头的人——在等我了。

“她来了！”格鲁布太太说。接着，她就俯身捋起儿子的裤腿，露出小腿上的红印，控诉道：“瞧瞧那丫头干的好事!”

其他几位母亲也把自己的孩子推上前来，展示他们腿上的红印。

“啊？吉娜?”爸爸问我。

我分开刘海，让众人看到石子在我额头上留下的刮痕，然后又把袖子卷到胳膊肘以上，露出更多的擦伤。

看到新鲜的伤痕，有个母亲惊讶地捂住了嘴巴。

这时，格鲁布兄弟中的一个突然喊冤：“她先动手的!”其他孩子立马应和："没错！没错！"

校长环视一圈，对所有人一一点头，然后宣布："让我跟吉娜单独谈谈。"

门关上后，校长问我："真的是你先动手的吗，吉娜？我还真有些惊讶。"

"是的，女士。"

"我不信是你先动手的，只是没想到你会还手。"

直觉告诉我，她其实对我自卫这件事暗自高兴，可是她却不能鼓励以暴制暴。

"是什么激励了你？"她又问。

"意大利的那位天使。"

"什么来着？"

"露琪亚天使。她守护着我，叫我捡起树枝来挥舞，但是不往高处挥，只往低处挥，把他们绊倒就行。然后，她还把他们的话冻在嘴巴里，让他们只能发出咿咿咿的呜咽。"

"哦，原来如此。嗯……露琪亚天使，是吧？"

"是的，女士。"

校长缓缓点头："我也想有个那样的天使呢。"

第六章

豪猪、两个天使和心理咨询师

后来，在格鲁布一家搬走，安静的新邻居搬来一周左右的时候，我发现安东尼奥竟然站在我家后院的中间。

“丢东西了？”我问他。

“只是检查一下。”他的笑容迷人得一塌糊涂，“这边有只豪猪在吃甘草糖——就在这里。”

“豪猪？甘草糖？”

“对，就在这里。是红色那种——我是说甘草糖，不是说豪猪。那种又黏又韧的东西你知道吧？”

我们仔细观察草地，整整找了一圈，结果一无所获。既没有豪猪，也没有一丝甘草糖的痕迹。

“小时候，”安东尼奥告诉我，“人们说我想象力丰富。可是最近，人们却怀疑我有毛病，因为我能看见别人看不见的东西。”说完，他失望地叹了一口气。

“我也被人这么说过。”我主动坦白。

“真的吗？”他赞许地点点头，“那就好。”接着，他一边转身离开，一边说：“我得走了。要是你看见豪猪——”

“或者看见甘草糖了，我会告诉你的。”

当我把安东尼奥和豪猪的事情告诉爸爸的时候，他又给我讲起了几年前我在学校的一次遭遇：那一次我看见教室的窗外有两个天使坐在树上说悄悄话。他们的翅膀叠在背上，头顶有淡淡的金色光环。天使看见了我，我也看见了他们。其中一个朝我腼腆地挥了挥手，我也朝他挥了挥手。

“吉娜？”老师突然喊道，“吉娜！这个世界在等着你呢！喂？喂？”

我说树上有天使在讲悄悄话。“看见了吗？就在那边。”

老师和同学们齐刷刷地转向窗口，盯着操场边缘那棵孤零零的树，然后又齐刷刷地盯着我。我知道他们眼神背后的潜台词：他们没有看见天使，而且觉得我在撒谎。

于是，老师打电话约谈了我的爸爸妈妈。

谈完后，妈妈带我去眼科医生那里检查了一下视力（爸爸觉得没必要），学校还请来一位心理咨询师问了我许许多多的问题。比方说，他想知道是不是有人在欺负我。

“当然。”我回答。

“当然？是你班上的人吗？”

“不是。”

“家里的？”

“不是。”

“那是哪里的呢？”

我拍拍脑袋，说：“这里。”

“噢。”他恍然大悟，然后在我的答语旁边加了一颗小星星。我不禁在想，小星星是不是表示答得特别好。接着他又问我，有没有被锁进房间或者柜子的经历。

“也许吧。”

“也许？你也说不准吗？”

“在哪个世界？”

“啥？”

“我的意思是，你是问我在这个世界，还是在其他的世界，比方说某部电影或者我的脑海里？”

听到这话，他又写了些什么，还加了好几颗星星。

之后我们开始观察溅在白纸上的黑色墨迹，他问我看到了什么。

“黑色墨迹。”我回答。

“嗯，没错，那这些墨迹看上去像什么呢？”

“像是有人在纸上弄翻了墨水瓶。也许他们在用那种蘸墨水的笔写字，然后打了个喷嚏什么的，结果墨水瓶翻了，把墨水弄得到处都是，乱七八糟。”

“呃，好的。那这个呢？看起来像什么东西吗？看见它你想到了什么？”

“我想到了另一张溅了墨水的纸。”

“可是，它看起来是不是有点儿像……一只蝴蝶？或者一只鸟？一条龙？”

“那是你看见的东西吗？”我问他。

“呃，是的，这张让我想到了一条张着大嘴的恶龙。当然，你看到的可能有所不同。”

我就知道这里面有鬼。如果我使劲地盯着墨迹看，我的确可以想象出许多生动具体的画面：挥着翅膀的英雄、一条受伤的狗，或者正在喷发的火山……可是我真要那么回答，心理咨询师准会觉得我幼稚。

所以我就问他：“你经常看见那些蝴蝶、鸟或者龙之类的幻象吗?”

心理咨询师挠挠手腕，清清嗓子，然后回答：“我没有。呃，不是。我只是暗示别人经常觉得这些——这些墨迹——看起来像，唉，各种其他的东西。”他低头看鞋，用脚尖在地毯上打着拍子，最后在便签簿上做了些参差不齐、潦潦草草的标记。

那位咨询师最后对我父母和老师说，我可能“只是一个想象力过剩的小孩。非常过剩”。

爸爸告诉我，如果我又在学校看见那些天使了，我自己知道就好。“不过你要是在家看见他们了，”他又补充说，“那就告诉我。我也想见见他们。”

第七章
新老师

失望：

开学第一天，安东尼奥竟然不在校车的车站。也许他在家上学，或者念的是私立学校，今后见到他的机会更少了。

庆幸：

我的班主任是轻言细语的莱特斯通老师。她初来乍到，应该不知道天使事件，而且她看起来和上一学年的老师截然不同。兴许我可以从头再来呢。

上一学年的老师给人的感觉是尖锐——棱角分明，说话刺耳。她好像不喜欢我们这些学生似的，尤其不喜欢我写的任何东西。她说我笔迹“凌乱”，造句“别扭”，拼写“不可接受”。有一次讲创意写作时，她给一篇作文的批语是“这是什么东西”，另一篇是“再试试”，其余的都是“审题后重写”。

听到她不在我们学校任教了，我如释重负。

新来的莱特斯通老师教的是英语课。开学第一天上午，她在黑板上写下自己的名字和“你是谁”三个字，然后用一根手指从“你是谁”下面划过，强调了一遍。

她可能很好奇我们每个人都是谁吧？其实我——没准大家都一样——也很好奇她是谁。

临放学时，莱特斯通老师再一次回到黑板前，把“你是谁”三个字强调了一遍。然后，她转身对我们说：“这个学年该是多么有趣呀。”

坐校车回家的路上，我和朋友们坐在一起，其中一个朋友玛姬坐立不安。

“可是那到底是什么意思呢？她为什么要用手指强调那个问题呀？我们真的要回答自己是谁吗？”她问。

坐在过道对面的阿里夫说：“你们说会不会是考试呀？说不定明天我们就要写一篇关于自己是谁的作文呢。”他焦虑地

敲打着前排的座椅:“该怎么写呢？我们到底是谁?”

玛姬拽了一下我的胳膊，问:“我们应该知道吗?”

之前在课堂上，我不知道老师为什么会在黑板上写下这个问题，只是看着它浮想联翩。我喜欢那种状态。可是现在，听到玛姬和阿里夫的这些话，我也开始担心了。我们应该为明天可能发生的事情做准备吗？我可不喜欢措手不及。

有的时候，如果我们遇到了无能为力的事情，妈妈会说“Shiyou ga nai[1]”:“何必担心呢？Shiyou ga nai。能怎么办?”

---

[1] Shiyou ga nai是日语“しょうがない”的罗马音，意为无可奈何，毫无办法。——编辑注（如无特殊说明，本书注释均为编辑注）

有一次，我问她这句洋文是从哪里学来的，没想到爸爸给出了答案。

“她以前有个日本男朋友。”

妈妈用洗碗布打了他一下，说：“你吃醋了？”

爸爸回答：“没。Shiyou ga nai。”

第八章

玛姬、阿里夫、雷纳尔多、弗雷迪和我

阿里夫和玛姬是同学之中和我常待在一起的两个。我们虽然谈不上情同手足，但是天生就合得来。我们既不是那种趾高气扬、自信满满的人，也不是那种粗暴无礼、吵吵闹闹或者吹毛求疵的人。我们就是自己。

阿里夫是个文弱的男生，有着修长的胳膊、纤细的双手和金黄的眼睛。只要一紧张，他就会轻拍自己的侧腿，或者无意识地踢前排的座椅。每天早班会之前，他都会抱着胳膊站在黑板前面，一只脚无意识地踢护壁板。他把脑袋凑得那么近，以至于鼻子都要碰到“你是谁”三个字了。

玛姬坐在我的前排。她喜欢把胳膊支在课桌上，然后用两手托着腮，左一下、右一下、中一下地摆头。我不想错过黑板上的内容，所以她每动一下，我也得跟着动。和阿里夫一样，她也经常焦虑到咬指甲、扯头发。另外，她也跟阿里夫一样对“你是谁”格外好奇。

我是一个细胳膊细腿的女孩，顶着一头浓密的黑发——虽然不是鬈发，却波浪起伏，蓬乱纠结。我大概是全班唯一没有兄弟姐妹的人，所以我对有兄弟姐妹的人羡慕不已。我平时的默认状态就是观察、倾听、做白日梦，同时试着让自己胡思乱想的脑子慢下来。其他孩子讲话的时候，我感觉他们的话似乎飘在空中，可我讲话的时候，我感觉我的话却像石头一样下坠——只有在阿里夫和玛姬身边时例外。

你是谁?

有一天，玛姬终于忍不住问莱特斯通老师，这个问题有没有正确答案。

“没有，”莱特斯通老师回答，“没有正确答案。”

“那有错误答案吗?”

“应该没有，玛姬。你觉得呢，阿里夫?”

阿里夫连忙退缩：“我？您问我?”

“也问大家。你们觉得呢？”莱特斯通老师扫视了一圈教室，问道。

雷纳尔多唰地一下举起手来："我知道！我知道！"

我们全都心头一紧，知道雷纳尔多又要讲他的冷笑话了。

"是什么呢？"莱特斯通老师问他。

全班同学严阵以待，等着他说出最蹩脚的段子，最无厘头的答案。

结果他说："也许答案每天都不一样。"

几个同学不屑地哼了哼，大多数人则转向莱特斯通老师，看她有什么反应。

"是种挺有意思的可能性呢，雷纳尔多。同学们，你们怎么看？"

我们全部默默地点头，活像一群此起彼伏的青蛙。

你几乎可以感到全班同学的大脑都罢工了，这不光是因为"我们可能每天都不一样"这种说法，更因为我们好像是头一次看到雷纳尔多受到这样的公开表扬。他这人总喜欢开玩笑和恶作剧，平时谁都不把他当回事。

我们班还有个愤世嫉俗的弗雷迪。什么也打动不了他，没有什么能让他提起兴趣。"谁在乎？"他经常说，"谁还真的在乎这个？"

这不，在我琢磨怎么回答“我是谁”这个问题的时候，弗雷迪发话了：“谁在乎？我没觉得有什么大不了的。我是说，谁还真的在乎这个？”

第九章
莱特斯通老师

莱特斯通老师年轻娇小，有着蓬乱不羁的红发、闪亮的淡褐色大眼睛和长长的浅色睫毛。她的衣服是黄色配橙色或者红色配亮蓝的混搭，唇膏是覆盆子的颜色。

起初我有点儿搞不懂她。她没有一上来就约法三章，而是让我们帮她整理书籍。在整理过程中，她还停下来念了一本书的开头。

“哦，这可是我的最爱呢，”她说，“我就念一下第一页吧。”接着，她就换成了另一种声音，后来我们很快就能听出这是她朗读时的腔调——灵动如水、富有共鸣、情感充沛。念完之后，教室里鸦雀无声。她从书页上抬起头来，问我们：

“什么？你们还想听？以后再说吧。”

这天早上，在我们归类码放书籍的时候，她不时地停下来朗读另一段“最爱”——有时是一首诗，有时是一个惊悚的开场，有时是一个幽默的片段。

我被迷倒了。长这么大我只听过爸爸妈妈为我朗读，而且那已是好几年前的事情了。妈妈读得太快，害我老是思维落后几段。爸爸优点不少，可惜不擅长朗读，因为他一碰到长词就结巴，而且无论扮什么角色都用同样的声音。

莱特斯通老师则是这方面的大师。第一周结束时，我们已经被她迷得神魂颠倒了。

至少大多数人是这样。

“念书有什么大不了的？”弗雷迪说，“越念书，越迷糊。我可没空搞这个。”

第十章
开篇第一句

一天早上，走进教室后，我们发现每张课桌上都摆着三四本书。雷纳尔多举起一本书，抱怨道："这也太难了。有没有人想交换的?"

"等等，"莱特斯通老师说，"稍稍再等一下下。"

她要我们浏览桌上的书，阅读每本书的开头（默读），然后写下最吸引我们的那个。接着，我们把自己浏览过的几本书递给右边的人，从左边的人手里接过书，再次选出其中最喜欢的开头，依此类推，直到所有的书读完为止。

这么多的书，每本都不一样。

只凭一句话——开篇第一句——一本书就能引人入胜或

者倒人胃口，但并不是每个人都会被同一句话吸引或劝退。多么奇妙。我们是在朗读自己最喜欢的开篇时发现这一点的。

“真让人好奇接下来会发生什么。”

“呃，无聊死了。”

“听起来肉麻，像是给小朋友读的。”

“这些词的读音简直有催眠效果。”

我们每个人都选了一句话贴到公告栏上。

玛姬悄悄问我：“你觉得我们为什么要把它们弄到公告栏上？会是测验什么的吗？”

弗雷迪还是那句：“谁在乎？”

第十一章
蓝蛙

一天下午，我一边从车站往家走，一边避让从校车上跳下来的几个噼里啪啦家的孩子，忽然看见安东尼奥站在我家的车道上。我已经有将近一个星期没见过他了，而现在他就在那儿，脸上挂着微笑。我暗自心想，我的笑容和他的相比，肯定相形见绌吧。

我觉得别人初见你时的神态很重要，那时他们还来不及调整自己的表情。

“你需要帮助吗？”我问他。

“你为什么老是问我这个？”

“不为什么。”

他让我给他讲讲校车的事情。“它是直接带你去学校还是会在别处停留呢?”

“会停下来接其他学生，然后直接去学校。你要坐校车吗?”

他的黑色鬈发垂在前额的一侧。我每问一个问题，他都会拽着其中一缕，若有所思。

“也许吧。”他说。

“如果你愿意的话，我可以带你坐一回体验一下。”

“今天在街上看到了一只小蓝蛙。”他冷不丁地说。

“真的吗？一只蓝色的青蛙?”

“一个男人走过去把它吃掉了。”

“男人吃了蓝蛙?”

“是的，然后他就呱地叫了一声。”

这时，他的奶奶在楼上的窗户里喊道：“安——东——尼——奥!”

“你真的不需要帮助吗？”

“别问了，我得走了。”

回家之后，我一边吃着烤面包，一边纳闷：到底是谁在呱呱叫，是蓝蛙还是那个男人？

第十二章
那是谁？

每天开始和结束的时候，莱特斯通老师都会默默地用一根手指划过“你是谁”下面，然后转过身来，用缓慢游移的眼神看着我们每一个人。

“我还是觉得这会是一次考试。”玛姬说。

“考试？”阿里夫问道，“怎么可能是考试呢？”

“可能是考作文，”玛姬解释道，“也许我们应该思考这个问题，准备好怎么回答。”

虽然我也不喜欢，可是这个念头却像一只烦人的苍蝇一样在我脑海中挥之不去。动脑筋！你是谁？答案是什么？你会怎么说？

一天早上，公告栏上又贴了一个用粗体字写的词：倒影。

旁边有一张照片，画面中是一个平静的湖泊，湖岸上的树木倒映在水中。照片下面写着“绿湖”两个字。

就在我们思考这些新内容的当儿，玛姬说道：“嗯，它们是有联系的——绿湖的照片里有一个倒影。”

“一个不存在的湖。”弗雷迪补充说。

“你说什么？”阿里夫诧异地问，“湖明明就在那儿呀。”

弗雷迪走近公告栏，用手指戳了戳我们整理书籍那天贴上去的第一句话：“绿湖营地没有湖[1]。”

“等等。啥？”

“我就知道这是个考试。”

这时，站在一旁的雷纳尔多突然问：“那是谁？”

我们循声望去，发现莱特斯通老师正在教室门口和办公室秘书朱迪女士交谈，而且朱迪女士把一个文件夹递给了她。她的旁边站着一个学生，但我们分辨不出是男是女，只看见一条胳膊和一条腿。

[1] 出自路易斯·萨奇尔的小说《洞》（*Holes*）。——原书注

第十三章

朱迪女士和玛琳女士

前一天，我们轮流扮演角色，朗读了好几本不同书中的对话片段。我们听起来就像是在玩过家家：偶尔话不成句，经常打断别人，有时甚至抢着说话。

之后，我们做了一个写作实验：写一段两人之间的对话，可以是一场真实的对话，也可以是虚构的对话。

我写的是我和爸爸某次拜访两位年长女士的经历。那两人曾经在爸爸兼职任教的大学里工作。我认识其中一位叫朱迪的女士，因为她现在就在我们学校的办公室工作。她和她的朋友玛琳女士都是一副苗条、单薄的样子，动作像小鸟似的急促卡顿。给我们端来茶和饼干后，她俩就你争我抢地聊上了。

朱迪女士:(指着爸爸坐的椅子)你知道有谁坐过那张椅子吗?

玛琳女士:就是你坐的那张——

朱迪女士:日本天皇的夫人!

玛琳女士:就在那儿!

朱迪女士:这张桌子旁,只不过当时不是这张桌子——

玛琳女士:这张桌子不够华丽——

朱迪女士:所以我们只好拖来另一张。

玛琳女士:我们还用那种小杯子泡茶——

朱迪女士:就是你用的那种杯子——

玛琳女士:我们还吃了小饼干——

朱迪女士:比这些饼干好——我们吃的是高档的小饼干——

玛琳女士:给天皇夫人的——

朱迪女士:我们聊啊,聊啊——

玛琳女士:聊啊,聊啊——

朱迪女士:聊了那么多之后,你猜天皇夫人说了句什么?

玛琳女士:真是太……太可爱了。

朱迪女士:她说,“我可以吃一块饼干吗?”

玛琳女士：那可是天皇夫人啊！

朱迪女士："我可以吃一块饼干吗？"

她俩讲起天皇夫人来访的故事是那么迫不及待。听她们讲完后，爸爸赞赏地点了点头，而我则望眼欲穿地看着那些饼干。

朱迪女士在我们学校的办公室工作，所以我几乎天天都能见到她。她喜欢冲我眨眼睛，就算我迟到或者惹了祸（比如看见天使那次）也不例外。

此时此刻，朱迪女士则像一只动作生硬的小鸟一样站在我们教室的门口，她一边把一个文件夹递给莱特斯通老师，一边把一名新生介绍给她。这一幕在班上引起阵阵骚动，让我不禁想起了那时和朱迪女士还有玛琳女士坐在一起，听她们讲天皇夫人来访的经历。课堂上的窃窃私语似乎存在某种节奏，我试着在笔记本上把它快速地捕捉下来。

那是谁？

是个男生吗？是新来的吗？

准是……

从没见过那个男生。

或者女生。兴许是个女生。

那个男生——或者女生——会不会——

来我们班？

哦，那样就好了。

有什么大不了的？

是谁？

晚了两个星期报到？

一定是刚搬来。

从哪儿来的？

是谁？

“同学们，”莱特斯通老师一边领着一个男孩走进教室一边宣布，“我们有新同学了，他叫安东尼奥。”

每个人都目瞪口呆地看着他。站在那里的他是那么完美，自信从容，干干净净。

他笑了。

对每个人笑了。

第十四章
新来的男生

同学们争着抢着给“新来的男生”帮忙。他们主动带安东尼奥参观学校，告诉他该把外套放在哪里，怎么在自助餐厅排队取餐，怎么看懂时间表……我敢说，只要他有需要，他们没准还会教他走路和说话。

“他是那么与众不同……”

“神秘莫测……”

“你看过他笑的样子吗？”

是的，我看过他的微笑，而且我很失望。

他在我们的教室里待了将近十分钟才认出我来。

“嘿，”他说，“这就是你的班吗？”

“是呀。”

不知是谁碰了他一下，迫不及待地想带他看点儿东西。他就这么转身离开了。

玛姬一把抓住我的胳膊：“你认识他？是怎么认识的？”她的口气好像在指责我瞒着她似的。

“邻居。”我一边说，一边看着安东尼奥被阿里夫和雷纳尔多领着穿过教室，克莱尔、奥黛丽和露比也紧随其后。

玛姬仿佛受了奇耻大辱：“你从来没说起过！你从来没提到过他！”

“他刚来不久。”

莱特斯通老师让他坐在教室另一头靠近公告栏的一张空桌子旁。临近午餐的时候，奥黛丽突然问莱特斯通老师能不能让安东尼奥坐在她旁边，因为她“很擅长帮助初来乍到的人”。露比也说自己对帮助新人很在行。

安东尼奥似乎被这些关注弄得晕头转向了，但并没有晕头转向到忘记微笑。他把那份微笑赠予了每个人——不偏不倚，人人平等。

这让我很不爽。不过，放学铃响起的时候，安东尼奥找到了我，问我能不能带他去坐校车。

“行呀。”我说。我知道其他同学都惊呆了——尤其是玛姬、奥黛丽、克莱尔和露比。

他不光和我一起排队上车，而且还坐在我旁边。

这可不是一件小事。

平时我会挨着玛姬或者另一个女孩坐，男生女生通常不会坐在一起。想到这里，我不禁担心其他男孩会不会笑话安东尼奥，结果没有。

安东尼奥告诉我，他只是不想下错站。

第二天早上，他在车道上等我出门，然后和我一起走到校车站。

在校车上，他还是坐在我旁边。

到达学校后，他说：“好吧，现在我知道怎么坐校车了。”

雷纳尔多招呼了他一声，其他几个同学也加入了他们，然后他们一起走进了学校。这是安东尼奥在校车上坐在我旁边还有在早上等我的最后一天。

第十五章
微笑

一个微笑不能代表一个人的所有，我知道。

我知道这一点，可我还是被安东尼奥的微笑迷住了——那种起势和缓，逐渐舒展的笑——因为他的笑容，我给他加上了滤镜。

他一定是好人。

他一定很快乐。

他一定很善良。

他一定很体贴。

他一定很聪明。

他一定喜欢我。

他并不是老在微笑，那样会像雷纳尔多一样显得哗众取宠。雷纳尔多有时很好玩，有时不好玩，我如果在他身边待久了，就会头疼。

在安东尼奥身边我从不头疼。

第十六章
月亮和湖水

公告栏上出现了一个新词：lunar。

旁边是一张照片：黑色的夜空下，一汪湖水照映着奶黄的满月。

词和照片的下面，则是另一本书的开篇第一句："伦迪不确定月亮失踪了多久。[1]"

"Lunar 指的是月亮。"玛姬说。

"是个人都知道。"弗雷迪忍不住补充道。

阿里夫打量了一下公告栏，说："而且照片里有月亮。"

"月亮，"雷纳尔多补充说，"也出现在了这本书的第一句

[1] 出自林珮思的《繁星之河》（*Starry River of the Sky*）。——原书注

里。”

弗雷迪走近公告栏，纠正他们：“书里没有月亮——‘伦迪不确定月亮失踪了多久’。”

安东尼奥和我一样，只是看着，听着，什么也没说。

点名点到一半时，玛姬突然跳起来说：“那张有月亮的新照片——看到了吗？它表现的也是倒影——和那张有树和湖的照片一样。”说完，她又坐回去，两手抱头，嘀咕道：“这一切到底是什么意思呢？”

雷纳尔多用严厉的声音质问道：“是谁把它放上去的？”他用手指大声地敲着课桌。“是你吗，莱特斯通老师？”

莱特斯通老师把目光从点名簿上抬起来，眨了几下眼睛，看了一眼黑板，然后才小声说：“嗯。”

当天在学校还发生了什么我已经记不清了，印象里只有各种书本和作业。在此期间，安东尼奥意识到，无论他走到哪里，都会有越来越多的粉丝和同学围绕着他。

放学后，安东尼奥很快就被几个男生簇拥上了校车。他们都坐在后面，像一群叽叽喳喳的乌鸦一样说笑。

直到走下校车，我才想起当天我们家有客人要来。

第十七章
意面姑爷和意面姑奶

每年九月，爸爸的姑妈和姑父都会像朝圣一样从纽约来我们在俄亥俄州的家做客。一同到来的除了姑奶的坏心情，还有给姑爷做意大利面用的食材——他这人离了意大利面就没法活，而且他不吃店里卖的，只吃姑奶现做的。由于他俩对意大利面痴迷不已，我们私下管他们叫“意面姑爷”和“意面姑奶”。

他们还会给我带来两件一成不变的礼物：一双蕾丝花边收口的白袜子（我四岁大时穿的那种）；给我出生时他们送我的存钱罐增添东西。存钱罐是一个方形的锡罐，上面画着红色和黄色的小花，顶部有一条窄缝。每次来访时，意面姑爷都会郑重其事地给我一枚硬币让我存入罐中。小时候是一个5美分[1]硬币，后来变成了一毛钱，再后来是25美分。

“存钱！存钱！存钱！”意面姑爷每年把硬币交给我时都会这样叮嘱。

有一次，妈妈在他们离开后调侃说：“等你长大成人后，存的钱兴许就够你买一杯咖啡了。”

为了招待姑奶和姑爷，我把我的卧室让给了他们，还在梳妆台和壁橱里为他们腾出了空间，自己则睡在客厅的一张折叠床上。

“这床太小喽。”姑奶抱怨道。

“太不平整了。哎哟，我的背呀。”姑爷也叫苦不迭。

只要姑奶和姑爷来家里做客，妈妈在夜里基本“碰巧”要加班。

姑奶在午餐和晚餐时做的都是意大利面，因为姑爷只吃这个，我们也只能吃这个。她一下厨，厨房的工作台上就到处都是面粉，炉子和地上也被酱汁溅得点点斑斑。

“你得学会做意大利面。”姑奶告诉我。可是当我主动提出帮忙时，她又说：“不不不，这个归我做。你姑爷只喜欢吃

[1] 1美分约等于0.07元人民币。

我做的意大利面。”

姑奶和姑爷不做意大利面或者不吃意大利面的时候，就喜欢“拉家常”:“咱们拉一会儿家常。谈谈心，叙叙旧”。

首先，他们会告诫爸爸，他得有人帮忙，才能养大“可怜的丫头”(我):“如果你老婆工作那么忙，那你一个人可做不来。你需要帮助。得有人教她。”

爸爸听得脖子上青筋暴起，但他没有反驳，只是点着头低声应承:“嗯，嗯。”

姑奶接着说:“她的脑子里尽是那些天使的故事。也该给她讲讲不好的事情。那么多不好的事情!”

“糟透喽。糟透喽。”意面姑爷连声赞同。

“我们在纽约的邻居，那个女的，上次跟你讲过，记得吗?那个养狗的女人?中枪了!就在她自己的公寓外面!”

“中枪了!”意面姑爷也附和道。

“还有我的表妹瓜达卢佩。记得她吗?那个大鼻子的!得了癌症!就因为喝罐装的汤。”

一天早上，意面姑奶无意中发现安东尼奥的奶奶在外面，当场就把我爸拽到了窗前。

“看到了吗? 那个女人是谁?”

“别家的奶奶，搬来不久。”

姑奶立刻大步流星地出去找她说话，我和爸爸则待在窗边观望。整个过程中，安东尼奥的奶奶一动不动地站着，意面姑奶则挥着手臂，偶尔还指指我家的房子。

最后，姑奶得意扬扬地回来了：“搞定啦！”

“什么搞定了？”爸爸不解地问。

“我把你还有可怜的吉娜的事情跟她说了。我说孩子她妈工作很忙，所以你需要帮助。”

老爸听后不太高兴：“你说什么了？”

“我搞定了，你等着瞧吧。”

意面姑奶和意面姑爷真的很努力，我也知道他们是一番好意，可是当他们离开时，我站在门前的台阶上，对着他们的车尾挥手送别时，还是长舒了一口气。

第十八章
月光路

一天早上，雷纳尔多挥舞着一张蓝色的卡片冲进了教室。“我有一个很棒的词！你们等着瞧吧！”

他把卡片递给莱特斯通老师看。“真的吗?”老师问他。

“真的。我爷爷是瑞典人。”

“好吧，那你去吧。”

听到这话，雷纳尔多就把卡片贴到了公告栏上月亮和水中映月的照片旁边，然后照着上面念道：“Mångata 是一个瑞典语词语，意思是月亮在水面投下的像道路似的倒影。”他摸了摸已经贴在公告栏上的那张月亮的照片，接着说：“看见了吗？水上形成的月光小路？那个倒影？这就叫 Mångata。”

我颠来倒去地念着这个词：曼-噶塔，曼-噶塔。月光在水面上投下一条小路，仿佛在邀请你沿着它回到月亮上去似的。没想到竟然专门有一个词形容这幅景象。

莱特斯通老师用手捋了捋头发，说："多美的词！"

大家七嘴八舌地说：

"Mångata！"

"月亮！"

"Lunar！"

"倒影！"

"傻不拉几！"

最后一个词是弗雷迪说的。他就知道给我们的热情泼冷水。有没有一个词专门形容这种扫兴的行为呢？也许是"不识趣"或者"唱反调"吧。

奥黛丽和露比像苍蝇一样围着安东尼奥的课桌转悠。

"哦，Mångata！是不是很有意思，安东尼奥？"

"是不是非同寻常——还有那么——"

"别致？具体？"安东尼奥补充道。

"哦，对对对！就是这个，安东尼奥！它是那么——那么——别致、具体！"

有那么一瞬，我和安东尼奥四目相对。他肯定看出了我眼神里的反感，因为他摆了个摊手的姿势，好像在说这又不是他的错。是啊，可怜又无辜的安东尼奥能怎么办呢?

哎……

回家之后，我发现爸爸站在厨房里。

“烤面包，”我说，“我要吃烤面包，还要整桶整桶的黄油、肉桂和糖。”

“我也想吃啊。你瞧这个。”

我发现厨房的工作台上有几个用箔纸盖着的碗。爸爸又说：“你绝对猜不到有谁来过。”

“谁呀?”

他朝安东尼奥家的房子点了点头：“那位女士，邻家奶奶。”

“不会吧。”

“真的。她给我们送来了食物。意面姑奶跟她说你好可怜，没有人做——”

“不不不，打住。该不会——肯定是——”

他难过地点点头，然后垂头丧气地掀开铝箔纸：“意式面食：方饺！肉丸！贝壳通心粉！”

第十九章
聊天的羊和家谱

有一次放学后，我就快走到家了，忽然听见安东尼奥大声喊我。他本来像平时一样，跟一群孩子跳下校车后，站在那里和他们聊天，而我继续赶路。可是这次他却追上了我。

“我今天看到那些羊了。”他告诉我。

“什么羊?”

“两只脏兮兮的灰羊。它们在聊天。我跟阿里夫和雷纳尔多说了，可他们不信。”

“羊在聊什么?”

“家谱。”

“真的吗？ 你不觉得羊聊这个很奇怪吗?”

他两手插兜："不觉得。它们为什么不能聊家谱呢?"

"因为这是个敏感的话题。"我回答。

后来我告诉爸爸妈妈，安东尼奥看到两只脏兮兮的灰羊在聊天。"他把羊聊天的事情告诉了其他小孩，可他们不信。"

我妈问："羊在聊天?"

"没错。你知道聊的是什么吗？家谱。"

爸爸妈妈交换了一下眼神。"啊哦，敏感话题呢，吉娜。"爸爸说道。

"我当时也是这么说的。"

有一次，上一学年的那位尖老师说我们都要画家谱，然后她就以自己的家族为例，在黑板上画出了她的家谱。她首先写的是曾祖父母、曾外祖父母、祖父母、外祖父母，还有父母的名字，接着是兄弟姐妹，最后才在底下写上她自己的名字。看到那么多人走到一起才创造出她，她的名字也显得格外重要了。

布置下这份家庭作业后，她给我们每个人都发了一张纸，上面有打印好的空格，供我们填上家庭成员和祖先的名字。

事情从一开始就不顺利，因为我们满脑子都是问号。

“如果你有两个母亲呢?”

“或者两个父亲呢?”

“你怎么会有两个母亲或者两个父亲?”

“如果有人去世了呢?”

“如果他们都去世了呢?”

“或者他们离婚了呢?”

“那没有父亲怎么办?”

“你怎么会没有父亲呀?”

尖老师只答了句:“问你的家长去，他们知道该填什么。”

可是很多家长都不知道该怎么填。谁能想到，家谱的版本居然可以有那么多。

有些家长义愤填膺地抱怨起来。

“这不关学校的事。”

“我们拒绝提交这份作业。”

“这件事让我老公很不舒服。”

“要知道，我们当中有些人可能是收养的。你想让我们在这张表上填哪家的父母和祖父母?”

第二天，晚上正好有一场预定要开的家长会，目的是讨论纪律和即将到来的活动。可是，当几位家长把家谱问题搬出来后，会议直接爆发成了大吵大闹、乱七八糟的批斗会。

那天夜里妈妈要上班，所以向来害怕参加这类会议的爸爸就义不容辞地去了。回家之后，他气呼呼地说："烤面包！我要吃烤面包。人们怎么可以那么愤怒和疯狂！"

第二天尖老师便取消了家谱作业。许多学生松了一口气，有些只是纳闷，但也有少数人感到沮丧和愤怒。

"什么？我在这上面花了五个小时。五个小时呀！竟然说取消就取消？"

"我已经完成的家谱可以算成绩吗？我们这些做了事的人得不到表扬，那些什么都没做的人偷懒却不受惩罚，这也太不公平了。"

"不是我懒！是我爸不让！"

这起事件过了好几个星期才平息下来。然而，一年之后的某一天，莱特斯通老师也不知不觉地踏入了同一片泥淖。

第二十章
同一片泥淖

有一天，我们在课上谈论了一本书里的人物和他们之间的关系，快下课的时候，莱特斯通老师突然宣布，我们研究一下自己的家谱可能会很有意思。

教室里立刻响起一阵异口同声的哀号，接着便是：

“啊！”

“别！”

“千万不要！”

阿里夫举手请愿：“恕我无礼，莱特斯通老师，家谱这事在我们学校是谈不得的。”

“是吗？”她把一根手指放在覆盆子色的嘴唇上，“嗯。有意思。”她一边在教室里慢慢地走动，一边打量着我们每个人。“嗯。”回到讲台后，她说，“大家也知道，我初来乍到，可能需要一点儿时间来了解这所学校的——呃——传统。”

她在黑板上的“你是谁”三个字前面停了下来。

“有没有人愿意告诉我，为什么家谱的事情这么……这么……成问题吗?”

为了避开她的直视，有些同学赶紧低头看自己的课桌，弯腰系鞋带，或者做其他任何事情。也有人看向阿里夫和雷纳尔多，指望这两个最有可能发话的人救场。然而，最后举手的人竟然是玛姬。

“这个问题很复杂，莱特斯通老师，而且很敏感。许多家长反对。”

阿里夫补充说:“很多人因为这件事非常非常生气。”

其他人趁机插话:

“我爸说这样太侵犯隐私了。”

“比方说要是没有父亲或母亲……”

“或者有两三个父亲……”

“或者是被收养的……”

奥黛丽和露比哭了。

莱特斯通老师举起双手："明白了，明白了。没关系。"她那平静而令人宽慰的声音就像一个温暖的拥抱，"我明白。我们不画家谱就是了。"

安东尼奥兴致勃勃地关注着这一切，他在椅子上越坐越直，看起来简直像要飞起来飘到天花板上似的。突然，他把手举到了空中。

"我有个主意。"他说，"我们画一个虚构的家谱，或者说，编造出我们的祖先，怎么样?"

"编造?"莱特斯通老师诧异地问。

"祖先怎么能瞎编!"弗雷迪说。

"只是编着玩儿而已，"安东尼奥解释道，"你可以把祖先想象成你期望的身份，比方说国王、女王，或者……或者海盗……"

其他人立刻趁热打铁：

"或者篮球明星。"

"总统。"

"作家。"

"画家。"

"然后，"阿里夫建议，"你可以接着想象，如果你有这样的祖先，你会成为什么样的人，对吗?”

莱特斯通老师站在黑板前，再一次用手指从“你是谁”下面划过，接着又在下方加上了另一个问题：“你会成为谁?”

她退后一步，斟酌着刚刚写下的文字，然后把“会”擦掉后改成了“能”：“你能成为谁?”

小小的脑细胞在我的脑海里激烈碰撞。我能成为谁？这个问题听起来既大胆又颠覆。

阿里夫像头发着火了似的拍着他的脑袋：“哇！ 这可真是——哇!”

雷纳尔多一脸愁容，甚至有些害怕。突然，他的表情变了。只见他咧嘴一笑，兴奋地喊道：“是的！太棒了!”

弗雷迪还是老样子：“蠢主意。”

第二十一章
意面和“双娇”

“这么多意式面食！”某个星期六早上，爸爸终于受不了了，“吃掉了一些，冷冻了一些，结果还有这么多。”于是，他从冰箱里拿出几个碗，对我说：“走，我们去拜访一下双娇。”

双娇是爸爸给我们学校的秘书朱迪女士和她的朋友玛琳女士起的外号。她们曾用饼干和茶招待过日本天皇的夫人。

爸爸说：“双娇的骨头上得长点儿肉才行。”

我已经习惯了在学校看见朱迪女士，不管是在办公室，还是在走廊上。尽管她确实很瘦，可我并不觉得她娇弱，因为她看起来总是那么精力充沛。她会大步流星地走过大厅，身体的一侧甩着胳膊，另一侧稳稳地掂着一堆书或报纸。她还会愉快地跟所有人打招呼。有时在我们的教室里都能听见她一边走过，一边喊着“哈喽”“你好呀”“真棒”“回见”或者“哇”。

收到我们赠送的意大利面食，朱迪女士和玛琳女士开心极了，好像我们送的是一碗名贵巧克力似的。听着她们讲话，我不禁想象这段对话出现在纸上会是什么模样。

“多么令人愉快呀！”

“嗯，闻起来是那么——”

“鲜香扑鼻！”

“让人垂涎欲滴！”

“看起来很美味！”

“这是你们——”

“自己做的吗？”

玛琳女士和朱迪女士坚持要我们留下来享用茶和——

“饼干！”

“你们会吃到饼干的！”

“就像天皇夫人一样！”

厨房和客厅之间的走廊上挂满了裱起来的相片。以前我没有留意，这次趁她们和我爸说话的当儿，我倒是把相片端详了一遍。相片里有年轻人，也有老人；有夫妻，也有一大家人；有小团体，也有大团体；有学习骑自行车和游泳的婴儿、小孩，也有穿着毕业礼服的青少年。除此之外，我还看见少女时代的玛琳女士乘着一艘帆船，青年时代的朱迪女士抱着一只山羊，还有她俩一起参加抗议集会的留影。

她们见证过多少人生的点滴啊。曾经年少的她们，有过怎样的思考，怎样的见闻，怎样的感触？

我们正要离开，朱迪女士突然把一只骨瘦如柴却异常美丽、几乎半透明的手搭在了我的胳膊上，然后凑到我耳边轻声说："我听说莱特斯通老师布置了家谱作业，是吗？但愿她小心为好。"

"没关系，我们画的是虚构的家谱，不是真实的。"

“虚构的家谱？怎么个虚构——”

“比方说像书里虚拟的人物一样——不是真实存在的那种，当然不是真的。”

沉思片刻后，朱迪女士还是那句：“但愿她小心为好。”

第二十二章
包裹

当天回家后，我正在喂鸟，突然看见安东尼奥的表姐卡洛塔打开他们家后门，放出了凶猫郁闷先生。好几周没有见到郁闷先生和卡洛塔，我都开始怀疑他们是不是搬走了。

卡洛塔是个健壮的姑娘，身材高大，肌肉分明。虽然外面的确暖和，可她只穿着一条运动裤和一件宽松的运动衫，外加一顶拉下来箍住头发的针织帽。安东尼奥跟我说过，卡洛塔从大学里休学了一个学期。

“嘿。”我一边打招呼，一边朝她挥手。

她把头转向我，慢慢地点了点头，然后就退回屋里，留下郁闷先生蹲在欧芹上，用杀气腾腾的眼神警告我不要靠近。

这时，邮递员拿着一个包裹走上了我家的车道。“是给您的，吉娜·菲洛梅纳小姐。”他总是这样正儿八经地称呼我，仿佛我是某个有头有脸的人物。

包裹是农娜·菲洛梅纳寄来的，里面有一封写给我们大家的信，还有一条包在淡黄色薄纸里精美的、轻如薄雾的黑色丝巾，上面绣着几十朵五颜六色的花和蜿蜒其间的绿藤。丝巾透着淡淡的玫瑰花香。

我把它挂在脖子上，对着客厅的镜子端详起来。就像我在许多次收到这些花花绿绿的礼物时一样，我感觉自己焕然一新。它们充满了鲜活的火花，漫溢着天使的气息。

爸爸一边读信，一边把意大利文口译出来：

我日夜思念着你，源源不绝地向你发送着爱和一切美好。

吉娜，我希望你会珍惜这条围巾。每一朵小花都是我用这双老手亲自绣上的。

爸爸用手沿着一条绿藤摸了一会儿，然后回过头来继续读信，把露琪亚天使的最新消息也翻译了出来：

有一个男人很刻薄，他老是在当地的公园里朝奔跑嬉戏的孩子挥拐杖，有时还会在狗狗跑过时打它们，而且他喜欢在人行道上吐痰。

有一次，露琪亚天使把一只小狗放到了他的脚边。小狗睁着忧伤的大眼睛，坐在他的鞋子上，最后被他抱了起来。小狗舔了男人的脸，男人哭了起来。孩子们问他怎么了，别的狗狗也凑上去嗅新来的小狗。

现在你猜怎么啦，吉娜？孩子们和别的狗狗都盼着那个男人带着小狗到来，而他再也不挥舞拐杖，不打别的狗狗，也不在人行道上吐痰了。

第二十三章
世界在转动

十月底的时候，教室公告栏上张贴的词语、图片和开篇第一句已经小有规模了。

我们只要在阅读中遇到一个有趣或难懂的词，就把它放到公告栏上。现在它们俨然组成了一个属于自己的词汇世界：

月亮	倒影	月光路	量子	激进
被动	半透明	令人生畏	尼安德特人	老泼妇
邪恶	明察秋毫	错视画	峭壁	瀑布
洪水	蜿蜒的	共鸣	断言	确认

（以及另外好几十个词）

有一天，就连对那么多事情都不屑一顾的弗雷迪也骄傲地在公告栏上粘贴了一个词：Komorebi[1]。

“这个词是我从爷爷那里学来的。”他一边解释，一边把一张照片贴到公告栏上。照片上展现的是一条绿树成荫的街道。“看见阳光从树叶的缝隙里钻出来的样子了吗？钻出来的光线就叫 Komorebi。”

竟然有一个词专门形容这个？

雷纳尔多鼓掌称赞：“太棒了，弗雷迪！这个词太棒了。Komorebi！ Komorebi！ Komorebi！”

我们也跟着念叨起来：“Komorebi！ Komorebi！ Komorebi！”

弗雷迪红着脸匆匆一笑，接受了大家的表扬。

现在公告栏上的图片既有杂志插图，也有照片和绘画。有壮丽和怪诞的风景，有奇异和可爱的动物，还有体形、大小和肤色各异的人们。

在相邻的另一块公告栏上，选自二三十本书的开篇第一句组成了一条长长的专栏。其中有几句一下引起了我的注意：

“绿湖营地没有湖。”

---

[1] 日语词“木漏れ日”的罗马音，意为从树叶间射入的阳光，后文简称“叶隙阳光”。

“伦迪不确定月亮失踪了多久。”

“在地底的洞府中住着一个霍比特人。”[1]

“我们并不是一直住在芒果街上。”[2]

“我们觉得他们带走了我爹。”[3]

“我的名字是伊丽莎白，但从来没有人这么叫过我。”[4]

有一天，玛姬转过身来对我说：“那里有什么东西在酝酿。”嗯，我也认为那里确实酝酿着某种东西，可我不确定究竟是什么。

一天早上，我们走进教室，看见安东尼奥走在他日益壮大的左右护法们中间。突然，他一个急停，好像要稳住自己似的伸出双手，问大家：“哇！感觉到了吗？”

“啥?”

“感觉到什么?”

安东尼奥摇晃了一下：“是不是很神奇?”

“啥?”

[1] 出自J.R.R.托尔金的《霍比特人》（*The Hobbit*）。——原书注

[2] 出自桑德拉·希斯内罗斯的《芒果街上的小屋》（*The House on Mango Street*）。——原书注

[3] 出自杰奎琳·伍德森的《做我的港湾》（*Harbor Me*）。——原书注

[4] 出自梅格·罗索夫的《有爱，有明天》（*How I Live Now*）。——原书注

“什么很神奇？”

“你们没有感觉到吗？”

“呃……”

安东尼奥一脸困惑。“没有？真的吗？”他一边走向座位，一边说，“有的时候，你能感觉到地球在转动。”

那大概是我头一次注意到有些孩子和安东尼奥拉开了距离，好像他的魅力正在消退，或者他被当成了怪人。尽管如此，他还是有许多崇拜者，数量远远超过了那些开始避而远之的少数派。

至于我，反倒是越来越迷恋他了，但我沉默而谨慎，察言且观色。我觉得我们俩都很脆弱，就像小时候我容易受到格鲁布兄弟和其他人的嘲笑和攻击一样。那时我还不明白，我的言语或穿着可能会激怒别人，而且我觉得我有露琪亚天使保护。

现在我认识到了自身的脆弱，所以变得更加安静，更爱扮演旁观者了。可我还是对安东尼奥放心不下，我仍然觉得自己有义务保护他。我甚至都不知道为什么。

第二十四章
漩涡

公告栏上的字句整天萦绕在我的脑海里，哪怕在数学课上，它们也会突然冒出来，要求我给予关注：

峭壁！　　老泼妇！

洪水！　　令人生畏！

量子！　　月亮！

月光路！　　叶隙阳光！

阴险的！

小瀑布！

手工艺品！　　倾泻如注！

就连晚上做梦，我也会梦到公告栏上的图像——有的扭曲变形，有的膨胀夸大，有的混在一起。梦里可能会出现一个有霍比特人跳进去的湖，一条路两旁都是芒果树的街道，或者是海底的山脉，水下的月亮。

许多书的第一句在我的梦中跳进跳出，乞求着我将它们编织成段。可是在这个过程中，它们组成了各种新奇古怪的混搭：

安东尼奥不确定芒果街上的小屋消失了多久。

湖里没有月亮。

吉娜·菲洛梅纳住在地底的洞府中。

有一次，莱特斯通老师突然宣布："咱们来写作吧。你们可以把公告栏当作自己的灵感源泉，不管是一个词、一张图，还是一句开头，喜欢什么就拿来用，然后即兴发挥。"

"即兴发挥？"奥黛丽不解地问。

"你们都有纸、钢笔和铅笔吧？"莱特斯通老师说，"那就玩个痛快，尽情实验。"

玛姬说："我不明白您到底想让我们怎么做。"

“我想要你们做自己想做的事情。这些图片有没有让你们想起什么？你想不想把你想到的东西写下来？或者把这些词组合起来？我希望你们去大胆尝试。”

“可是，”奥黛丽问道，“这怎么算成绩呀？”

“噢。”莱特斯通老师心领神会地说。她穿着一件点缀桃花图案的连衣裙，站在窗前的时候，她的脸上都是连衣裙的光芒。“写作实验不计分。让成绩滚一边去吧！”

教室里既有人对这个项目由衷地感到兴奋，也有人像阿里夫和露比那样，忐忑不安地咬着自己的手指。玛姬一边憧憬着无穷的可能，一边赞赏地点头。安东尼奥也越笑越开了。

我盯着空白的纸发呆，它看起来既吓人又诱人。

“好吧，”雷纳尔多说道，“这很酷。”

“或者说很蠢。”弗雷迪加了句。

“弗雷迪，”莱特斯通老师站在窗前说，“如果你愿意的话，可以写公告栏上最蠢的东西，或者——”

“行行行，”弗雷迪连声应承，“明白了。”

我们都坐在那里焦急地摆弄铅笔。选哪个呢？怎么起头？阿里夫轻轻地敲着他的腿，好像腿里能够敲出灵感似的。安东尼奥闭着眼睛。而我回想着去年那位尖老师对我写作的评价，不禁紧张得两手冒汗。

僵持了几分钟之后，莱特斯通老师说：“啊，看来选择太多了。有时候，这比选择太少或者别无选择还要难。”

第二十五章
写作实验

莱特斯通老师在我们中间走动着，所到之处都有一丝似有若无的玫瑰花香。我不由得想起最近从意大利寄来的那条围巾。

“要不这样吧？”她忽然提议，“我们只做一个微型实验。从词汇表里随便挑一个词，然后想到什么就写什么，既可以是这个词让你想到的东西，也可以是你想象出来的东西。”

“飞快地写，脑子里一冒出东西就匆匆记下，不要停下来改错和思考。哪怕你只能着急地写‘我卡住了，我卡住了，我卡住了’，也要一直写下去。限时五分钟。我会给你们计时的。”最后，她直视着玛姬和奥黛丽，一字一顿地加了句，“这个不计分。”

说完，莱特斯通老师坐到讲桌后面，拿起了她的铅笔。“我也要这么做。记住，一直写，不要停。不管你的脑海里还是笔尖上蹦出什么东西，都捕捉下来。准备好了吗？好，开始——”

我们初次尝试的结果喜忧参半。有些同学很沮丧，因为他们无法摆脱停下来擦掉或划掉文字的强烈冲动。有些人则像我一样茫然无措，惊讶于五分钟时间过得那么快，惊讶于我们在那段时间里写了多少东西，惊讶于其中有多少内容出乎意料。

阿里夫在空中挥舞着他的纸：“这太疯狂了！从前有一个危险的峭壁，我从峭壁上掉进了黑色的湖里，急得胡乱扑腾……然后五分钟就到了。我还想接着写呢。”

“我也是，我想接着写。”雷纳尔多深有同感，“我本来写的是搞笑的东西，和一只邪恶的兔子有关，结果写着写着就变得恐怖起来。那只兔子看起来很真实，而且它在威胁我。”他的脸上显出几分羞怯。“我知道，我知道，这听起来很傻，可是——”

“不傻，”莱特斯通老师告诉他，“倒是引人入胜呢。”

玛姬发出一声清晰可闻的叹息，然后说:“我不停地写‘我卡住了，我卡住了，我卡住了’，一直写到实验快结束的时候，‘Mångata’这个词突然钻进了我的脑袋，我看到了水面上那条金光闪闪的路，然后——时间到了。”

莱特斯通老师在教室里四处走动，最后在我的课桌旁停了下来。“吉娜？看来你写了不少呢。你有什么感想吗？”

我通常不会在课堂上主动发言，但这次我并不介意回答她的问题，因为刚才的经历实在太不可思议了。我告诉莱特斯通老师和同学们，我选的是“洪水”这个词，而且我一动笔，就感觉文字像洪水一般从峭壁上飞流直下。我描写了一条碧水白沫的瀑布冲下峭壁，倾泻入湖，天上有一轮月亮在湖面投下一条月光路，我想沿着它直接走到月亮上去，然后——时间就到了。

“哇!”弗雷迪说，“还真是跟洪水一样。”

安东尼奥注视着我。他先是看了看自己的作文纸，然后看了看我，最后目光又回到了他的纸上，但他什么也没说。

大家一致决定再试一次。

“只要不打分就行，对吧?”玛姬问。

莱特斯通老师欠身点了点头:“对。”

午餐时间，当我站在打饭的队伍最后时，安东尼奥走到我身后，戳了戳我的肩膀。

“你还记得你写的东西吗？”他说，“关于洪水、峭壁和月光路那个？”

我以为他会揶揄我，所以没有答话。

他说：“我看到的东西也差不多：各种词语像洪水似的从悬崖上倾泻到一条河里，天上的满月在水面上形成了一条小路——月光路——我正准备沿着它走过去，时间就到了。我们看到的东西竟然这么相像？是不是很奇怪？”

“你在拿我开玩笑吗?”

“不是的，我看到和写下的真的就是这样。不信你可以读一读。”

我无言以对，再也没有洪水般滔滔不绝的词语倾泻而出了。我好像只说了声“哇”。

“嗯,”他说，“回头见。”

第二十六章
千层面

厨房的工作台上摆着一排焙盘和碗，爸爸妈妈站在厨房中间，激动地挥着手臂。“瞧，”妈妈说，“又来了！千层面和意大利细面——真受不了！我再也吃不下意式面食了！”

“也许你该说点儿什么。”我建议道。

“跟谁说？”

“跟安东尼奥的奶奶说呀。告诉她我们吃不了这么多。”

“也许你才该说点儿什么。”爸爸对我说。

“哦，不要，我做不到。”

“看来我们又得去拜访一下双娇了。”

于是我们就真的去了。

玛琳女士：噢，我的天！

朱迪女士：又送千层面了——

玛琳女士：还有意大利细面。

她们相互眨了眨眼睛。

朱迪女士：我们都要——

玛琳女士：发福喽！

朱迪女士：不过还是谢谢你们！

玛琳女士：真体贴！

第二天在学校里，当我们听见朱迪女士在走廊里喊“再见”还有“你好”的时候，莱特斯通老师告诉大家：“那位女士人真好。你们知道她今天给老师们带来了什么吗？一大锅千层面！”

“千层面？”弗雷迪问，“那是什么玩意？”

“你连千层面是什么都不知道吗？”玛姬惊讶地说。

“怎么，我犯罪了吗？”

“不，我的意思是——我以为大多数人都知道什么是千层面。”

“嗯，我就不知道。那是什么呀?”

当我们费力地解释什么是千层面时，莱特斯通老师离开了教室。回来的时候，她端着一个纸盘子，上面放着一小块千层面。她展示着这个样品，仿佛它是一件稀世文物。

安东尼奥看向我，但他什么也没说。

雷纳尔多把“千层面”这个词也贴到了公告栏上，大概是为了让不知它为何物的弗雷迪好受一些。“千——层——面，”雷纳尔多自言自语，在嘴里把玩着这个词的音节，“这是个很酷的词。”

第二十七章
看图写作

“这一次，”莱特斯通老师说，“大家要选一张图片，让自己沉浸其中。想象你就在现场，然后描述出你看到、听到和感觉到的东西。同样要飞快地写，看看脑子里会蹦出什么。”

奥黛丽不明白为什么非要写那么快：“我们为什么不能慢点儿写？”

“因为你的大脑运转得非常快，当你试着跟上它的时候，可能会发现各种妙趣横生的关联。”

“也可能不会。”弗雷迪说。

“也可能不会。”莱特斯通老师表示同意，“也许你的大脑今天是一团糨糊。没关系，那就描述一下那团糨糊吧。”

莱特斯通老师当天身穿一条亮黄色的长裙（听到露比点评它是多么耀眼时，她的回应是：“我看起来像一根香蕉吗？”），一件点缀着黄色花饰的深紫色衬衫和一双橙色平底鞋，再加上她那一头红发，让她看起来就像海报中的模特一样光彩照人。

“别想多了，”莱特斯通老师说，“只用选一个让你眼前一亮的画面。”

我本以为我依然会选择水月相映的那张图片——月光路——结果另一张图片吸引了我：那是一幅画，上面有一片广袤而青翠的高草，一眼望不到头，还有一条狭窄曲折的道路绵延天际。整幅画中都是柔和的绿色、棕色、淡蓝和淡灰，给人的感觉相当宁静。

“记住，你就在画面中。描述一下那里的景象。有什么感觉？你在想什么？你为什么在那里？限时五分钟，所以要快。准备好了吗？开始！”我们应声开动。

脑海中的文字再一次如洪水般汹涌而出，好在这次我已经知道我要描写的场景了，所以捕捉起来相对容易。我奋笔疾书，快到连自己写的字都要认不出来了。我想象着自己行走在那条蜿蜒的小路上。走着走着，草越长越高。不一会儿，竟然开出了一些巨大的红花（那幅画上并没有这些），它们把黄色的花粉滴落到我的头上。突然，夜幕降临，一道白光照亮了夜空。是月亮吗？是煎饼吗？咦，煎饼？

听到莱特斯通老师宣布“时间到了”后，我低头看着我的作文纸，思绪万千。刚才发生了什么？这些高大的红花是从哪里来的？夜晚的光亮呢？煎饼呢？

教室里其他的人在重读自己的作品时，要么不知所措，要么一头雾水。

“这太奇怪了，”玛姬说，“我的脑子竟然嗡嗡作响。”

“这真的是我写的吗？”阿里夫问。

克莱尔噘嘴抱怨：“人家的脑筋和手就是快不起来。”

莱特斯通老师在教室里走动查看。“看来大部分同学真的很喜欢这个呢，”她在安东尼奥的课桌前停下来说，“而且文思‘洪’涌。安东尼奥，可以说说你的感想吗？”

安东尼奥说他选的是那幅由高高的青草和蜿蜒的道路组成的画。“就是看起来很平静，”他说，“颜色淡淡的那幅。因为那是一个平静的场景，我就想象自己漫步其中的样子，一切都是那么祥和，那么安宁。可是我走着走着，巨大的绿茎突然拔地而起，它们的顶上开着像天鹅绒一样柔软的红花。接着，一团带着橙色光晕的奇怪黄光划过了天空。”

他扭头看我，估计发现我的下巴都快惊掉了。

弗雷迪说：“我刚开始思考，思维就完全跳到了别的地方，跳进了另一幅画里。这样也行吗?”

“当然没问题，弗雷迪。”莱特斯通老师宽慰他，“不仅没问题，而

且说明你很有想象力。”

我从没见过弗雷迪那么高兴。

“兴许下次可以从五分钟改成十分钟？”弗雷迪提议。

“对，”雷纳尔多表示赞同，“五分钟才开了个头，时间就到了。”

“不管十分钟还是十五分钟，都比五分钟好。”奥黛丽羞红着脸说，“好吧，我喜欢上这个了。我终于可以写得飞快，可以看到画面上没有的东西了。您说过，如果我们愿意，以后还能修改，对吧？”

莱特斯通老师的脸上露出一丝微笑。“是的，想改什么都有机会。”

“那虚构的家谱呢？”安东尼奥问，“我们还做那个吗？”

考虑安东尼奥的问题时，莱特斯通老师瞥了一眼教室的门。对于这件事，她似乎没有第一次提议时那么热心了。

“我也不确定。让我再想一想，好吗？”

第二十八章
煎饼和豪猪

那天晚上，我在试图入睡时，忽然想起我和安东尼奥最初的某次对话发生在我家后院。当时他正在寻找证据，证明自己夜里看到了一样东西：夜空中的一道白光，从圆圆的变成扁扁的，就像一块煎饼。

原来那个煎饼就是这么来的呀！我努力回想他还描述过什么——好像提到过巨大的红花——啊，没错，滴着黄色花粉的花。

他所看到的东西已经深深地印刻在我的脑海里，以至于我在课堂上写作的时候，觉得自己也看到了，却丝毫不记得那一切其实来自安东尼奥。一想到这一点，我就头皮发麻。

同样令人不安的是，我们在写作实验的第一天选择了同一个词（洪水），今天又选择了同一幅图片，而且在脑海中看到的情景也那么相似。

我辗转难眠，各种乱七八糟的念头和画面在脑海里翻涌不息。

第二天早上起床后，我头昏脑涨。透过厨房的窗户，我看到一只豪猪正在吃甘草糖——红色、韧韧的那种。

我给两个碗倒上麦片，然后把它们放到桌上。

妈妈问我：“你没事吧?”

“没事。”

“你确定吗?”

“当然确定。”说着，我给妈妈和自己都倒了一杯果汁。

“我不吃鸟食，你没意见吧?”

“什么?”我连忙瞥了一眼她碗里的东西，“哎呀。”

“也许你该回去接着睡，吉娜。”

“是的，也许我该接着睡。”

这一睡就是一整天。

第二十九章
虚构的家谱

在某个雾蒙蒙的日子里，我们在好几门课上做的事情都是考试，所以阿里夫就问莱特斯通老师，能不能在她的课上画虚构的家谱。她看起来有点儿心不在焉，不像平时那么有活力了，但还是请阿里夫在黑板上给大家做示范。

阿里夫走到黑板前面，用手指在腿上敲了一会儿。“这只是举个例子，对吗?”说完，他没等任何人答话，直接用一丝不苟的印刷体写出了下面这个例子：

E. B. 怀特 + 弗里达 · 卡罗　　毕加索 + 小威廉姆斯

J. K. 罗琳　+　布鲁斯 · 斯普林斯汀

我：阿里夫

写完之后，阿里夫转过身来，冲我们咧嘴一笑。“好啦，”他说，“这里的问题你们也看到了：不同时期和年代的人混在一起，姓名也乱了套。‘J. K. 罗琳’不应该是‘J. K. 怀特’吗？‘布鲁斯 · 斯普林斯汀’怎么不是‘布鲁斯 · 毕加索’呢？”

“等等，”玛姬说，“按照这个例子的意思，你的母亲是 J. K. 罗琳，你的父亲是布鲁斯 · 斯普林斯汀？”

“是呀。”

“我有一个主意，”雷纳尔多一边说，一边走到阿里夫旁边，“用头衔代替姓名。”

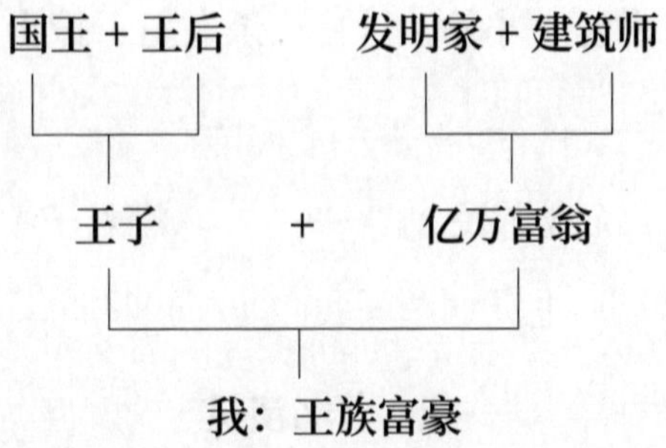

露比把雷纳尔多和阿里夫推到一旁。"你的身份也许跟你的祖辈和父辈不一样。"她写的是：

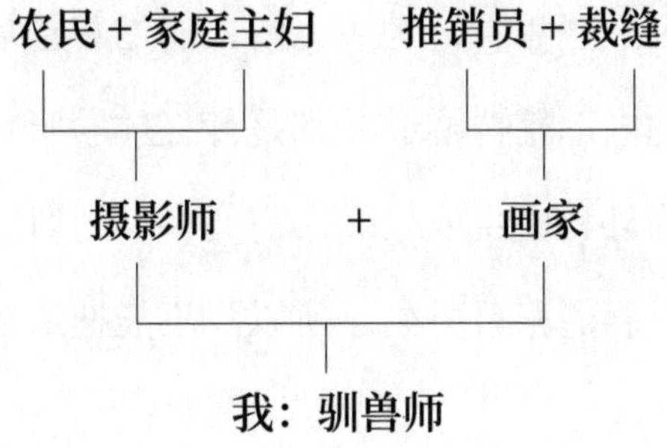

弗雷迪迫不及待地冲向黑板："行行行，那这个怎么样？"

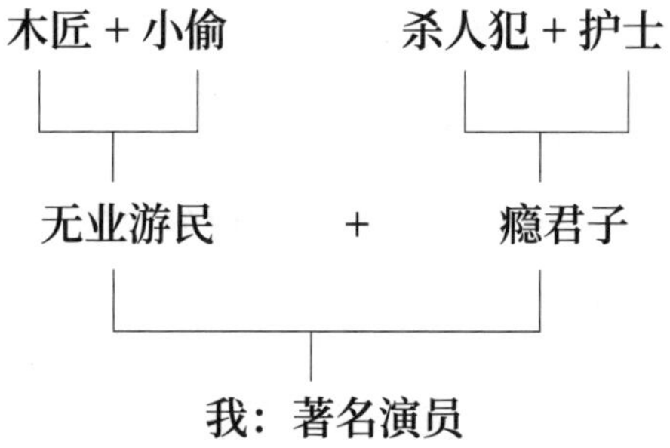

“看到了吗？”弗雷迪说，“你也可以跟你的父辈和祖辈一点儿都不沾边，想当什么就当什么。”

我曾经以为，我会尝试许多不同的工作，每一种都只干半年或一年，比如服务员、教师、心外科医生、出纳员，甚至是煤矿工人。想想看，地表上的人们过着寻常的生活，而你正在地球的内部挖掘隧道，那是什么体验呀？后来我认识到，要想成为外科医生或教师，需要多年的训练，而真正精通一份工作需要的积累更久，所以我不能把那么多职业个个都尝试几个月。

我曾经以为，当个歌手、演员或者运动员肯定很有趣——你可以娱乐大众，给他们带去快乐或安慰。但是人们可能会骚扰你，或者讨好你——即使他们并不友好真诚。你会变得没有隐私，不能想逛就逛商店，也不能在公共场合对人发火。你可能还会时刻担心自己这个歌手、演员或运动员当得够不够好。

假如“你能成为谁”这个问题跟你的职业一点儿关系都没有呢？假如它指的是你将会成为什么样的人，你能够或者将会对更广阔的世界做出什么贡献呢？

我环顾四周。我们为什么不能都做高尚的事情、重要的事情呢？我们为什么不会呢？

我为什么不会呢？

我也试着虚构一份家谱，结果却擦了又擦，改了又改，因为我对自己想成为什么样的人怎么也拿不定主意。

安东尼奥看起来也很沮丧。最后，他走到黑板前，画了一个大大的问号。

“这比我想象的要难。”他说。

在余下的时间里，他一直沉默不语，看起来心事重重。

中午打饭时，我站在他的后面排队。我告诉他：“也许，你对自己的祖先了解得越少，就越能无拘无束地成为任何人，成就任何事。”

思考片刻后，他回答：“可是如果你有太多的选择——”

“有时候，这比选择太少还要难。莱特斯通老师不是这么说过吗？”

他会成为谁？

我能成为谁？

第三十章
预言

肤色白皙、心地柔软的奥黛丽瘦得像竹竿，几乎总是穿浅蓝色的衣服。一天早上，她怯生生地走近莱特斯通老师，说:“我们红头发的人好像不能穿那种——那种橙色的衣服。”

莱特斯通老师回答:“告诉你一个秘密，我们红头发的人想穿什么颜色就能穿什么颜色。我们可以穿紫色、黑色、海蓝、洋红、粉红、黄色，也可以随便穿什么老气的颜色，只要喜欢就行。是不是棒极了?”说着，她理了理身上的橙色波点裙和橙色衬衫。

奥黛丽一边赞赏地点头，一边消化着这些话。

“另外，”莱特斯通老师压低声音接着说，“金发的人喜欢什么颜色就能穿什么颜色，黑发的人同样如此，就连头发花白的人也可以。”她左右看了看，好像在泄露机密，生怕被人听到似的。

奥黛丽惊讶得张开了嘴，过了一会儿才合上。

弗雷迪问我们能不能再画一次虚构的家谱。

莱特斯通老师又一次左右看了看，然后悄悄回答：“行。不计分。”

这感觉真刺激，就像一场小小的造反。

吃午餐时，玛姬在一群同学们中间问：“唉，我会成为什么人，我能成为什么人呢？这个问题好难，哪怕我想象我的祖父是国王，我的母亲是演员……”

阿里夫也加入了讨论：“是呀，你说不定会变成跟他们完全不同的人。”

雷纳尔多接着说：“或者，当你的父亲是国王时，你就别无选择，只能是王子，后来再成为国王，不是吗？”

弗雷迪说：“除非你叛国。你可以叛国。”

玛姬哀怨地把那个问题又念叨了一遍：“我能成为什么人呢？”

安东尼奥原本一直在旁边静静倾听，这时忽然看着玛姬的眼睛，告诉她："你有强烈的好奇心，未来你会取得关于月球的重大发现。"

玛姬用小得不能再小的声音问："我？"

"那我呢，安东尼奥？"阿里夫问，"我能成为什么人呀？"

安东尼奥点点头，沉思了片刻，然后回答："你会取得关于我们星球的重大发现。"

弗雷迪嘲笑道："呵，人人都有重大发现吗，安东尼奥？"

"不，"安东尼奥说，"有的人会因为别的原因出名，比如你。"

"成为著名演员吗？就像我在黑板上写的那样？"

其他人也对安东尼奥的"游戏"好奇不已，纷纷围了过来。接着便是一阵异口同声的询问："我呢？我的未来呢？我能成为什么人？"

于是，我们了解到，露比能——或者说会——从事和动物打交道的工作；奥黛丽（虽然目前还没有展现出任何音乐方面的才能）将会成为一名歌手；雷纳尔多则会成为喜剧演员或教师。

"老师？"雷纳尔多诧异地说，"我？"说着，他就站起身

来，两手叉腰地宣布：“好了，大家听着！听仔细喽！我们再也不用考试啦！”

聚在周围喊着“我呢”的同学越来越多。安东尼奥在简短地打量过每个人后，平静而坚定地给出了他的预测。

克莱尔在旁边皮笑肉不笑地听着，冷不丁地说道：“也就是说，每个人都会变得很重要。每个人都将是那么——那么——特别。”她扫了一眼安东尼奥的听众，然后讽刺地加上一句：“可不是嘛。”

“也有人不是。”安东尼奥一边说，一边目光如炬地看着克莱尔。对方立刻泄了气。

“这话好刻薄。”克莱尔抱怨道。

“我无意刻薄——并不是每个人都希望自己在别人眼里显得重要或特别。有些人只想波澜不惊地前行，同时避免被塞进某个定好的模子。”

这番解释说得克莱尔一头雾水。她一边起身离开餐桌，一边说：“只要我想变得重要或是特别，我一定会的。”

放学后，大家都在收拾书本和外套，安东尼奥拦住了我。

“还有你，”他说，“为什么你在午餐时那么安静？”

“我在听呀。”

“好吧，我很高兴你没有问我你能或者你会成为什么样的人。”

“为什么呢？”我本以为他会假装恐惧地告诉我，我的未来可能或者将会糟糕到无法想象。

没想到他凑上前来（他有一双我见过的最黑的眼睛），对我说：“因为你是一个谜。”

“很好。”

第三十一章
叶隙阳光和意面

九月和它温暖的日夜已经无迹可寻，被十月清爽的白昼和冷冽的黑夜悄然取代。树木闪耀着橙色、金色和红色的光。几乎每天太阳在树叶间若隐若现时，我都会驻足欣赏叶隙间的阳光。我不是唯一这么做的人。在校车站，总免不了有人指出周遭林木间的光线和地上舞动的阴影。

“Komorebi——就在那边!”

“Komorebi!”

不久之后，十一月的风就会到来，落叶纷飞。有什么词专门形容这个吗？“瀑布”？“洪水”？都不对。那个词必须同时包含冷、风和飞旋的落叶才行。

爸爸在家一边踹炉子，一边嚷嚷着不可描述的字眼。我们费了好大的力气才把卡住的窗户关上。整个过程中，爸爸又嚷嚷了不少不可描述的字眼。

“不要听，”他告诉我，“也不要说这些词。它们只适合大人沮丧时使用。”

尽管爸爸妈妈试图阻止，隔壁的奶奶每个星期还是继续着她的意式面食大派送。

“也许你不够强势。”我给出意见，“爸，你是怎么跟她说的？”

“我说她的意大利面很好吃，只是对我们来说太多了。结果她说：‘胡说！意大利面再多也不嫌多。’她的语气简直跟意面姑奶一模一样。”

“可能你得说我们吃得太胖了才行。”

“我试过。她捏着我的肚子说：‘嗯，是有那么点儿胖，可是可怜的吉娜，她得多长点儿脂肪！’”

我们偷偷地从家里拿出一些送给双娇，可是她们对我们的馈赠似乎没有以前那么着迷了。

“哦，又是……”

“意大利面食。”

“多么……”

“多么……”

“呃，慷慨。”

“体贴。”

“可实际上还有别人……”

“是的，别人也会受益于……”

“你们非常慷慨的——”

“好心的——”

“而且美味的——”

“馈赠。”

距我们拜访双娇过了一两天后，莱特斯通老师再一次提到朱迪女士的“慷慨和体贴”，说她带来了方饺、贝壳通心粉还有千层面同教员们分享。安东尼奥立刻扭头看我，而我则把脸上的内疚藏得一干二净。

我告诉自己：shiyou ga nai。既然无能为力，又何必担心呢?

第三十二章
小秘密

安东尼奥已经在隔壁住了三个月，虽然爸爸每周都会在收到意大利面的时候见到他奶奶，但我几乎从没见过她和卡洛塔。难道她们从不出门吗？

“也许她们晚上才出来活动，”爸爸说，“你知道，间谍就是这样的。”

“我还以为间谍喜欢跟别人打成一片，博取信任呢。”

“是的，是有这么一回事。他们用花言巧语让你放松警惕，向他们泄露秘密。没准这就是隔壁奶奶给我们送意大利面食的真实目的。她想让我们说漏嘴。”

“什么事情说漏嘴？”

“不知道。兴许是你在那个小存钱罐里藏了多少钱吧。”

“哈哈，真好笑。”

“大多数人都有秘密，只是大多数秘密都是小秘密。”

不知道这个算不算秘密：有的时候，在杂货店、邮局，甚至是街头，我爸偶尔会拦住路人说“你掉东西了”，然后给他们五到十美元现金。我们家不算有钱，这一点只用听听爸爸妈妈每个月看到账单时说的那些不可描述的字眼我就知道。可是，为了上演“你掉东西了”的戏码，爸爸还是会省下一些零钱，放在口袋。

有些人会说：“哦，不，这不是我的。”爸爸会回答：“可是我亲眼看到它从你的口袋里掉出来了。”听到这话，通常对方会一脸惊讶地说：“真的吗？哈。那好吧，谢谢。”

有些人则会迅速地把钱抢走，好像钱真的是他们的，只是一不小心掉到了地上。

后来我才知道爸爸是有选择性的：面容憔悴的母亲加哭哭啼啼的小孩是他最爱帮助的对象；收银台前数硬币的老先生老太太似乎经常会“掉落”十美元的钞票。

每个星期天早上，我妈都会带着鲜花去墓地，给两三个没有摆花的坟墓献花。这个算是秘密吗？我曾经以为她认识埋在那里的人，于是有一天我就问她是怎么认识他们的，结果她却告诉我："我不认识他们，但有人认识。他们肯定是别人的儿女、手足或父母，不是吗？"

第三十三章
更多的实验

在莱特斯通老师的课上，我们每周都有一天要做写作“实验”。对于写作“实验”这件事，我已经越来越迫不及待了，但玛姬有时却会紧张不安。

“我喜欢慢慢来，”她抱怨道，“我喜欢在动笔之前理清思路。”

“但是你也可以一边飞快地写，一边理清思路呀。”我说，“反正我的体会是这样。”

“我的脑子不是那样工作的。我的脑子不喜欢那么多——那么多——乱七八糟的东西。”

莱特斯通老师同情地点了点头，说：“心乱如麻也没关系，玛姬。多试几次，你可能就会发现它变容易了，也可能会在混乱中找到一块宝石，日后慢速修改的时候，你还可以对那块宝石细加雕琢。”

莱特斯通老师也跟我们一起写，偶尔还会分享她写的东西，比如有一天她选择了“我们并不是一直住在芒果街上”那句话，但是把“芒果街”改成了“芬奇利街”。

“呵，有意思，”她说，“我写的是伴我长大的那座房子，我想起了很多往事，比如厨房的墙纸是白色的，上面爬满了绿色的常春藤。有一次我在树叶中间画了一些红黑相间的小瓢虫，过了很久才有人注意到它们。我喜欢那个关于隐藏瓢虫的小秘密。”莱特斯通老师把两手按在心口：“我几乎已经完全遗忘了那些瓢虫。”

有几个人选了“在地底的洞府中住着一个霍比特人”来开头。

“哪知道这个霍比特人是个坏蛋。”

“我的霍比特人变成了兔子。”

“我把地洞和隧道描述了个遍，还写了一只臭鼬在一天中游荡的经历。”

阿里夫的开头选的是“绿湖营地没有湖”。大概是由于安东尼奥最近预言阿里夫日后会有关于我们星球的重大发现，阿里夫写到了生态系统的可怕变化——湖泊消失，海洋萎缩——所以他需要发明一样东西来改变现状。

同样会在未来获取重大发现的玛姬则选择用“伦迪不确定月亮失踪了多久”来开头。她写了人们花了多久才注意到月亮失踪了，是什么导致了月亮的失踪，还有她该怎么做才能探明真相。月亮不见了，她该怎么找起呢？

露比写的内容跟一匹失踪的马有关。当她举起她的作文纸时，你可以看到她写得很快，都是短句，看起来像一首诗：

伦迪不确定

马失踪了多久

失踪的马

失踪的马

谁会想念

从田野上消失的

这匹马呢

卡住了卡住了

死死地卡住了

未来的教师雷纳尔多写道："我的名字是巴勃罗·超级雷多王子，但从来没有人这么叫过我。"没人知道他的真名是很重要的，因为他不仅隐姓埋名地在一个贫困国家当老师，而且还给人们匿名捐款。

这让我想起了我的父亲和那些"掉钱"的桥段。

弗雷迪写道："我们觉得他们带走了我的叔叔。"他举着一张写满字的纸说，"我们觉得他被驱逐出境了，真的。"

我们还来不及表示同情，就听见奥黛丽和克莱尔说，她们选的是"我这个星期过得不太好[1]"。可是她们却不愿分享自己写的东西。

安东尼奥把他的作文纸揉成了一团，同样不想谈论自己写了什么。

我写道："她们的名字是玛琳和朱迪，但我们管她们叫双娇。"整页整页的对话从我的脑海中喷涌而出，其中的内容让我很是意外。

玛琳女士：你看见——

朱迪女士：冲浪板了吗？

[1] 出自萨拉·彭尼帕克的《克莱门汀》(*Clementine*)。——原书注

玛琳女士：好的那块。

朱迪女士：我没拿。

玛琳女士：我没说是你拿的。

朱迪女士：我讨厌那块冲浪板。

玛琳女士：我讨厌你的山羊。

接着，她们开始谈论天皇夫人，可是态度却不太友好。

玛琳女士：天皇夫人有没有——

朱迪女士：写过哪怕一封感谢信？

玛琳女士：写过吗？

朱迪女士：好像没有。

玛琳女士：这就有点儿无礼了。

朱迪女士：吃了那么多饼干。

不知怎的，后面的内容变成了她们两个骑着自行车去海滩，而且她们是那么年轻。

午餐时，我问安东尼奥写了些什么。

“那个跟名字有关的句子。你知道的，‘我的名字是

XXX，但从来没有人这么叫过我’。”

“那你为什么要把它揉成一团呢?”

他把手伸进口袋，掏出那张皱巴巴的纸，递给了我。上面写着:“我是个儿子，但从来没有人这么叫过我。”

我当时好像是这么回答的:“哦！但是——这个——该不会——难道你——”

他没有笑，而是向我稍微靠近了一点儿，用柔和的声音说:“没关系。像我这样的孩子有不少。”

第三十四章
噼里啪啦一家

安东尼奥的奶奶再次给我们送来一大锅千层面的时候，爸爸说：“我知道，我知道，我应该叫她停下来，但是我办不到。我们吃不下，也不能继续麻烦双娇了。”

我们难过地看着用铝箔纸盖着的平底锅，里面的东西足够喂饱十几口人。

“等等，”爸爸突然想到了什么，“我有个主意。我们可以把它送给一个大家庭，一个吃不饱的大家庭，不是吗？”

“谁家呀？”我随口问道。刚说出口，我就知道答案是什么了。

“噼里啪啦一家！”爸爸得意扬扬地宣布，“那不就是既闹腾又疯狂的一大家子吗?”

“你真的要走过去，把一锅千层面亲手递给他们吗?”

“不不不，他们肯定不想看到我端着一个大锅闯进他们家。我搞不好会吓到人家。”说着，爸爸的脸上露出一丝羞怯的微笑。

“哦，别，”我说，“千万不要。我不去。我不行。”

爸爸凄然无望地盯着那锅千层面。他深深地叹了一口气，然后瘫坐在餐桌旁。“唉，好吧，”他说，“只是说说而已。我想起了小时候，那时我的母亲会做一大碗肉丸贝壳粉，我们会把它送给邻居。邻居家有好多口人，但是当家的男人摔断了胳膊，不能工作，所以当妈的总是看起来疲惫不堪。不过，当我和母亲端着一大碗香喷喷的意大利面食出现时，他们那个表情呀。我跟你讲，你真该看看。他们手舞足蹈，眉开眼笑，恨不得立刻尝尝那一大碗香喷喷的——”

“行行行，”我主动认输，“我会把它送去噼里啪啦－克拉弗蒂家的。”

“真的吗？你可真是胸襟开阔呀，吉娜。”

“那是。”

于是，我就一边端着一大锅千层面走在街上，一边祈祷着不要被安东尼奥的奶奶看见。走到离噼里啪啦家还有几栋房子的时候，两个小家伙挥着他们沾满泥巴的手，朝我冲了过来。

“嗨嗨嗨！ 你拿着什么？你的锅里装了什么？”

“是蛇吗？”

“是乌龟吗？”

我继续走着，在他们之间小心地避让着。那只咿呀叫唤的小狗拖着狗绳跑，另外两个稍大的“噼里啪啦”也加入了小鬼的行列。

“那是谁？她拿着什么？”

“她带着蛇和乌龟！”

“还有呱呱兔。”

他们连蹦带跳，想要掀开铝箔的边缘。狗也跳起来，又是抓我的腿，又是用狗绳绊我。

又有两个噼里啪啦家的孩子从树上跳下来，问我：“你拿着啥？是给我们的吗？”

“她拿着蛇、乌龟和呱呱兔，还有软蜗牛。”

总算抵达门廊后，我问他们，妈妈在不在家。

“进去吧。”他们说，“她可能在沙发上。她太累了！”

“那你把这个端到厨房去怎么样？”我趁机提议，“我不想打扰她。”

“她才不在乎！总有人进进出出。”

其中一个孩子打开了门，另一个把我向前推了一把。“去吧，沙发就在那边。”

“妈妈，妈妈，妈妈，有个女孩来了！”

“带着蛇和乌龟。”

“不不不，我没有蛇和乌龟。”

一个女人躺在沙发上，腿上盖着毯子。估计她就是克拉弗蒂太太。她没有站起来，只是睁开了眼睛。

她说：“我们什么都不买。”

“不不不，我不是来卖东西——这是送给你们的。千层面。”

克拉弗蒂太太嗅了嗅空气。“千层面？真的吗？”她坐起来，接着问，“给我们的？为什么？”

其中一个小孩悻悻地说：“唉，晦气。没有蛇，也没有乌龟吗？”

“说好的蛇、乌龟还有呱呱兔呢？”

克拉弗蒂太太说：“谢谢你。麻烦你帮我放进厨房，好吗？

我的腿骨折了。”说着，她掀起毯子给我看石膏：“非常感谢。”

“没有蛇？没有乌龟？”

回去的路上，两个小家伙和那只咿呀叫唤的小狗跟了我半条街。

“你叫什么名字？你住在哪里？蛇在哪里呀？”

回家后，爸爸问我：“成功了吗？”

“下次该你去了。”

第三十五章
乌鸦

农娜·菲洛梅纳又寄来了一个包裹，里面是一条细长而精致的淡蓝色手链，大约有一英尺[1]长，上面缀着绿色和黄色的小珠子。爸爸把其中捎带的便条翻译了出来："给你戴在手腕上用的。可以辟邪镇煞。"

把它戴到手腕上后，我立刻便确信它蕴含着农娜和天使的气息，可以为我提供保护和力量。

在随附的信中，农娜·菲洛梅纳讲述了露琪亚天使的最新事迹。一些村民对某个新来的人说三道四，后来流言越传越广，愈演愈烈。

[1] 1英尺约等于30.48厘米。

露琪亚天使不喜欢这些流言蜚语，觉得这些人心眼太坏了。所以她就派出一百只黑乌鸦，对那些搬弄是非的家伙群起而攻之，在他们头上留下许许多多的斑点——你知道——就是那种白色的鸟屎。

那位天使，我真是爱死她了。

我们在当天还收到一张来自意面姑奶和意面姑爷的明信片，上面说他们会顺道经过这边，所以想在我们家借宿一晚。

得知这个消息，爸爸妈妈的心情瞬间晴转多云。爸爸抱怨道："也不打个电话问问'可以吗'或者'你们介意吗'。"妈妈问他们什么时候来，爸爸打量了一下明信片，回答："星期六。竟然连声招呼都不打。星期六!"

妈妈说："唉，见鬼，看来这个周末我又得加班了。"

在学校，我的新手链很快就引起了注意。大多数人都称赞有加，想要摸摸它，但也有少数人嗤之以鼻，比如克莱尔。

"远在意大利的奶奶又给她送来特别的礼物喽，"克莱尔挖苦道，"切。"

露比也说："那个我自己都能做——如果我想做的话。"

无意中听到她们的对话后，我只是抚弄着手腕上的编织手链，因为我相信它一定能驱走她们的恶意。

安东尼奥问我能不能让他也摸一下。然后，他就轻轻地、温柔地摸了摸。隔着衣服，我的手腕感受到了他手指的温度。他打量着那些珠子，点评道："非同寻常。我喜欢。"

克莱尔把头扭向别处，不屑地说了声："切！"

露比也随声附和："切！"

弗雷迪看来也沾染了她们的恶意，因为他说："瞧，安东尼奥也想要一条手链呢。"

没想到，其他几个人也跟着嘲笑起了安东尼奥，但安东尼奥没有理会。

我的手腕隐隐刺痛。

突然，教室的窗户被什么东西撞出"砰"的一声闷响。

"是一只鸟，"不知是谁说道，"撞上了——呀——好多鸟！"

果然，一群乌鸦扇着乌黑发亮的翅膀，呱呱乱叫，把窗户都笼罩得不见天日了。

第二天，玛姬和奥黛丽戴上了她们用薰衣草色绳子和亮片做成的手链。第三天，更多的女生戴上了自制的手链。到了周末，就连克莱尔和露比都戴着手链了。

安东尼奥也戴着他自己的版本：一个白色的腕带——网球运动员戴的那种——上面点缀着蓝色和黑色的圆圈图案。

第三十六章
意面姑爷和意面姑奶又来了

爸爸和我刚把家里打扫完，意面姑爷和意面姑奶就驾到了。妈妈这会儿正好在上班。

冲进屋子的时候，他俩连推带搡，又是哼哼，又是唠叨：哎呀，她的外套太热了；哎哟，姑爷磕到了胳膊肘；呸，交通状况太糟了；呜，她的喉咙干得冒烟了；唉，她得吃药了……

像往常一样，他们给我带来了两件礼物：带花边的白袜子和一枚给我存进锡罐小金库的25美分硬币。姑奶要我试试袜子，然后说我的脚长得太大了，如果我的脚没有这么大，袜子就更合脚了。

姑爷要求看看那个存钱的锡罐，然后小心翼翼地捧起它，好像里面装着稀世珍宝似的。他摇摇存钱罐，说道："应该不止这么些才对。你取过钱吗？但愿没有。你必须存钱，存钱，存钱！来，把新的存款放进去。"他看着我把硬币投入窄缝："很好，很好，你可别把它拿出来喽。"

姑爷说他饿得可以吃下一头驼鹿，姑奶说驼鹿难吃死了，姑爷问她是怎么知道的，她说："我就是知道。"为了解决他的饥饿问题，姑奶拿出了面粉、鸡蛋、西红柿、罗勒和橄榄油，然后卷起了袖子。

"好啦！"她说，"现在我要做什么——你们猜！"

爸爸和我交换了一下疲倦的眼神。他说："嗯，让我想想——我知道了！你要做烤牛肉。"

"呸！我才不做烤牛肉。"

我也跟着爸爸演戏，说："炸鸡？"

"呸！"

接着，我们又相继猜测是炖牛肉、鸡肉汤面和巧克力蛋糕，而她每次的回应都是那句"呸"。

厨房角落里意面姑爷坐在一把摇摇晃晃的椅子上，一边揉着脚，一边看着我们，好像我们疯了似的。

最后，姑爷终于忍不住了："呸呸呸！别傻了，她要做的是意大利面！"

"噢——"爸爸说，"意大利面。"我也用少了几分热情的语气附和道："噢，意大利面。"

"我知道你们一直想吃我做的意大利面，"姑奶说，"尽管我背疼手肿，头痛欲裂，我还是会给你们做的。你们有阿司匹林吗？"

吃饭的时候，他俩没完没了地聊着。我们听他们提到了姑奶的大鼻子表妹瓜达卢佩，提到了在自家公寓外面遭到枪击的邻居（她搬走了，一个讨厌的女人搬了进来），还提到了他们要去印第安纳州拜访的对象（来自瑞典的高雅人士）。

姑奶说她和姑爷觉得自己像是隐形人。

"隐形人？"爸爸不解地问，"什么意思？"

姑奶拍了拍她的脸和头发，回答："瞧瞧我们的皱纹和白发。你也知道，我们还没有老到那份田地，可是人们一看到皱纹和白发就会想：'哦，他们现在老了，不中用了，还能做什么呢？'或者他们压根就不会注意到我们。对不对？"她用叉子戳了戳姑爷："你跟他们说说。"

姑爷点点头，说："隐形人，老废物。"说完，他就盯着自己的盘子发呆。

我不禁为自己先前的想法感到内疚。

“你们不是老废物，也不是隐形人。”我说。

姑奶用餐巾轻轻地擦了擦眼睛，然后把两个肉丸放进了我的盘子。

第三十七章
霍比特人的地洞

在下一堂写作课，我选了那个关于霍比特人地洞的句子当开头，并且稍微修改了一下：

在地底的洞府中住着霍比特人一家：霍比特先生、霍比特太太和他们的七个孩子。无论去哪里，他们都要一起，像一条长蛇在树林和小镇中蜿蜒穿行。由于总有一个、两个或三个人追着呱呱兔和蛇跑丢，他们不得不经常停下来等待……我卡住了，我卡住了，我卡住了，我卡住了——

等等！我小时候好像玩过这个。我曾经想象过一家子——他们不是霍比特人，而是勉强有六英寸[1]高的小不点儿。他们好像有名字，是的，坦纳罗比太太和她的许多孩子——我忘了有多少个——但是他们都有名字——叫什么？让我想想，想想——哦，有叫科洛弗和斯蒂克的。那个邋遢鬼是谁？是叫独角兽玛丽还是什么来着？有一个叫赫菲的，还有，还有……

不管我们去什么地方，坦纳罗比一家总是跟着，有时我们不得不停下来等待对方，有时他们会吵架……有时妈妈会问："今天坦纳罗比一家就不能待在家里吗？"我会说："哦，不行，那样他们就太寂寞了。"

写作时间结束时，我并不是唯一需要眨眨眼睛才能回到课堂世界的人。一时间，同学们都在说话：

"叶隙间的阳光和闪电，还有月光路……"

"我们并不是一直住在那里的，那条街叫残树路，那里发生过一件可怕的事情……"

"我记得我祖母住过的那座房子……"

"绿湖营地没有湖，但有一片吃人的沼泽。"

[1] 1英寸约等于2.54厘米。

午饭时，安东尼奥问我：“霍比特人的地洞?”

“是的，你呢?”

“当然是的。”他拍了拍自己的头，然后指了指我的头，好像在说：我们心有灵犀。

第三十八章
沉默

莱特斯通老师偶尔会闭上眼睛，用两根手指按一下额头中央。有一次，她问我们："有的时候，世上的噪声太多了，你们不觉得吗?"

还有一次，她说："你们有没有注意到人们多爱讲话？是不是听起来有点儿像——像蚊子在嗡嗡?"

玛姬说："是的，您说得没错！人们老是一个劲儿地说呀，说呀，说呀。有些人的嘴巴从来没有闭上过。"

所有的脑袋齐刷刷地转向弗雷迪。

"我可没有喋喋不休。那露比呢？她才叫真正的话匣子!"

所有的脑袋又齐刷刷地转向露比。

“我？开玩笑吧？怎么不是……”

莱特斯通老师明智地打断了她的话：“我们来做个实验怎么样？我不确定这是否可行，但如果我们所有人——我们每个人——都试着安静一小时怎么样？大家觉得能做到吗？”

“太简单了！”弗雷迪说，“真是简单得可笑。两个小时怎么样？或者三个小时？干脆一整天吧？”

于是，我们就达成了共识：把每周上学日的周三定为莱特斯通老师班上的沉默日。可是这件事说来容易做来难。

遇到问题时，我们不能像平时一样口头发问，而是得写下来，然后去请教莱特斯通老师。结果便是，我们成群结队地去了又回，回了又去，直到莱特斯通老师闭上眼睛，用两根手指戳了戳前额，然后在黑板上写道：

书面问题也是噪声。今天就试着自己解决问题吧。

第二天，露比忍不住向老师转告了她父亲的意见：教师拒绝解惑是不对的。

莱特斯通老师向我们保证，她很乐意在一周的其他日子里解答疑问，还说这一切也许是个“有趣的实验”，可以检验我们能不能独立解决问题，而不是一有问题就脱口而出。

“我没有脱口而出。”露比争辩道。

“我不是针对你，露比。”

每周三，黑板上都会列出我们要在课堂上做的事情。例如，我们可以阅读，可以做写作实验，也可以修改之前写的东西。

第一个星期三，我们坐立不安，试图适应这种新的安排。我没有想到保持安静竟然是件难事。不过，一想到某些话痨也得保持沉默，我的心情倒是好了不少。

在享受了难得的几分钟沉默之后，我听到了敲击声：

有用脚敲的。

有用铅笔敲的。

也有用手指敲的。

我还听到：

有人打哈欠。

有人在咳嗽。

有人清嗓子。

我听到教室前面的钟嘀嗒嘀嗒地走着。

我听到了自己的呼吸声。

也听到了别人的呼吸声。

沉默竟然如此吵闹。

第三十九章
失踪

有一天，安东尼奥早上没有出现在校车站，而且整天都没来学校。大家不停地问我他在哪儿，好像我是他的看护人似的。最后，我只好无奈地说："我怎么知道呀?"结果克莱尔反问道："你不是住在他家隔壁吗?"

奥黛丽趁机插了句："我还以为你爱他呢!"

"我没有。"

"你知道他待会儿来不来吗?"

"我不知道。"

吃午饭的时候，露比问道："安东尼奥在哪里?他病了吗?"

排在我后面的弗雷迪说："要是我不见了也有人关心多好。

我没来，谁也不会注意到。”

“当然会的，弗雷迪。”我宽慰他。

“不，不会的。”他说。

可悲的是，他也许是对的。

当天回家之后，我看到一个橙色头发、穿着亮黄色雨衣的女孩站在安东尼奥家的后院里，用水管朝郁闷先生喷水。郁闷先生东奔西跑，很难说到底是在躲避水花，还是在追着喝水。

“嗨，”我问她，“卡洛塔在哪儿？”

女孩转向我，把头从一边歪向另一边。“卡洛塔？她在哪儿？哦，她远走高飞了。”说着，她朝空中挥了挥手，“就这么飞走了。像一只鸟儿、一只苍蝇，或者随便什么玩意。”

我凑近一看，惊讶地说：“你难道——”

她用手摆出“停”的手势，挡在前面：“喂，已经够近了。”

“还真的是你，”我说，“卡洛塔？我差点儿没认出来，因为——你也知道，因为新发型什么的。”

她把一大片头发拨到一边，问：“这是新发型吗？”

“我是说颜色——颜色是新的，对吧？”

“随你怎么说吧。”

"安东尼奥在家吗？他病了吗？"

她眯起眼睛看着我，然后嗖地一下摆动喷头，让水喷到我的脚边。"安东尼奥是谁？"

那天晚上，我梦见我在书写自己的人生。我奋笔疾书，写下一个又一个内容丰富、涉及地点人物的长段。我写的不是已经发生的事情，而是将要发生的事情。我写下什么，它就会出现在我眼前。

如果我描述一只老虎，它就会毛色光亮、神秘优雅地在梦中显现。如果我描述一个人——比方说一个叫乔吉奥的——他就会出现在我们班或我家。

在梦里，我意识到我可以用这种方式来创作我的人生。任何事都可以发生，任何人都可以出现，无论是好是坏。

醒来后，那种创作人生的能力和神秘体验，依然萦绕在我心头。这是一种奇异的感觉，好像有什么东西在我的内部生长——在我的头脑、我的身体或者我的灵魂里——也可能是同时在这一切之中。这种感觉让我既爱又怕。

安东尼奥第二天和第三天都没来上学。

在莱特斯通老师的课上，我们的写作时间已经延长到了三十分钟，甚至四十分钟。可是对于我们中的许多人来说，时间仍然不够。时间一到，我们都沮丧不已。

“我正要写到有意思的事情呢。”

“我非把这个写完不可。”

莱特斯通老师在写作的日子里会戴上一个瓢虫别针。她说：“自从那次我在和大家写作时想起自己在墙纸上画瓢虫的往事后，这只瓢虫就一直鼓舞着我。”

弗雷迪在写作时变得越来越激动，有时甚至会“哇”或者“噢”地一下叫出声来。

有一天，阿里夫说：“我觉得自己好像入迷了，可以一直写呀写呀写呀写，就算后面的有些内容看起来很蠢，那又怎么样？起码中间是些很酷的东西。”

“好多意想不到的事情。”玛姬也有同感，“比如我在写我们那条街的时候，隔壁的老太太突然就在脑海里冒了出来。我描写了她的样貌，她的穿着，她在门廊的金属椅子上坐着的神态，她的谈吐，还有她那好玩的口音……”

我理解，因为我也有同样的感受。

只是我一心惦记着失踪的安东尼奥。

第四十章
有呱呱兔的女孩

星期六那天，噼里啪啦家三个小点儿的孩子出现在了我家门口：两个男孩和一个女孩（不好说，也可能是三个男孩或三个女孩）。

“那个女孩在家吗？”他们问我妈，“有呱呱兔和蛇的女孩？”

“呃，我可不认识这样的人。”

“她还有千层面。”

“哦，我觉得你好像在说吉娜。是她吗？”

“她就是那个有呱呱兔、蛇和乌龟的女孩吗？”

我也走到门口，替妈妈解围。

“在那儿！就是她！你还有呱呱兔、蛇和乌龟吗？”

“今天没有。”我回答。

“千层面呢？你们今天有千层面吗？”

“噢。去隔壁问问。就说你找他们家奶奶，她做的千层面最好吃了。”

不一会儿，噼里啪啦家的三个小孩又回来了。

“奶奶不在，只有一个橙色头发的女孩。”

“像个南瓜。”

“南瓜头。”

“还有一只凶凶的猫。”

“真的真的好凶。你看。”说着，一个男孩露出胳膊上的抓痕给我们看，“我只是想抱抱它。”

“结果猫发疯了。”

“而且那个南瓜头女孩……”

“好傲气。”

“傲气的南瓜头。”

“而且她什么千层面也没有……”

“就算她有……”

“也不肯给我们。”

“傲气的南瓜头。”

第四十一章
教室里的洞

没了安东尼奥，学校都变味了。

只要有人在莱特斯通老师的课上提问或者表态，我们通常都会自动看向安东尼奥的课桌。

我们从什么时候养成了向安东尼奥寻求肯定的习惯？我们是在确认他听见我们了吗？

我们是在寻求他的认可吗？

为什么他对我们这么重要？

为什么我会因为他不在而感到悲伤，或者觉得自己遭到了背叛？

教室里他待过的地方仿佛成了一个洞。

有一天，雷纳尔多坐在了安东尼奥的课桌前。

“嘿!”弗雷迪立刻提醒他，“你不能这么做。”

“为什么不行?”

“因为那是——那是安东尼奥的座位。”

“那又怎么样?”

阿里夫说:“这么做好像不对。”

其他人也聚在周围，低声表示反对。

“你不该坐在那里。”

“他今天可能会回来的。”

“不，”莱特斯通老师一边走进教室一边说，“今天不会。也许下周吧。他有一些家事需要处理。”

“肯定是有人死掉了，我敢打赌。”阿里夫说。

十一月是个寒冷而灰暗的月份。在莱特斯通老师的课上，我们笔耕不辍。有一次她说:“篮球运动员会练习运球，对不对？今天，我们也用词汇练一下运球。”

另一次，她说:“网球运动员要练习击球——正手、反手、截击、发球。一遍又一遍地练。让我们用句子来练习击球吧。”

有时她会在大家埋头写作的时候和我们单独接触。她会说“这个细节描写得相当有力”“你最喜欢哪个部分”“这听起来像一首诗呢”“我想多了解一下这个地方”或者“希望你多写点儿这方面的事情”。

有一次她对我说：“你留心事物，对人好奇，是一个很好的观察者。”

在她走开去看别人后，我低头盯着自己的笔记本，反复体会着她的话。然后，我本能地看向安东尼奥的座位，想和他分享这一刻，希望他也听到了老师的话。

可是安东尼奥不在那里。

有时我们会成对或分组协作，倾听彼此的作品，然后在每件作品中找出特别的东西。我经常对自己听到的东西感到惊讶。

我喜欢雷纳尔多写的对白，他的作品就像短剧一样。我原以为弗雷迪的作品会带有讽刺色彩。开始的时候确实是这样，但是渐渐地，事情有了变化。月底的时候，他已经在写一部充满诡异景致和隐藏线索的悬疑小说了。小说的第一句是：“在地底的洞府中有一个木头做的宝箱。”

玛姬和阿里夫都详尽地描述了他们住过的地方和认识的

人。阅读他们的文字，我几乎能看到那些地方和那些人，还能听到玛姬和阿里夫的声音。

我在写作的时候，能够跟随自己思维的节奏，随心所欲地探索人和世界。我既可以嬉皮笑脸，傻里傻气，也可以一本正经。我可以变成任何人或任何事。

莱特斯通老师漫步在我们的课桌旁，不时会停下来说“阿里夫，你把这句念一念怎么样？我喜欢这个细节”或者“玛姬，你在描写白发女士的蓝围巾时写了一句很美的话，是什么来着”。

现在，当莱特斯通老师问我们“谁有东西想跟大家分享一下”的时候，同学们大多有话可说了。分享作品是一件成就感满满的事情。

在她课上的那些日子似乎弥补了十一月天色的乏味。

可是安东尼奥还是不在。

第四十二章
有人在家吗？

每天我都在寻找安东尼奥家有人生活的迹象。偶尔我会发现窗帘开着或关着，但就是不见人影，甚至连郁闷先生也不在附近。院子里到处都是落叶，几周前落在什么地方，现在也还在原地。

有一天，我看到邮差在给那边送邮件。等他来到我家时，我告诉他：“隔壁还有没有人住都说不定呢。”

“哦？”他转过身去，注视着那座房子，“他们还在收信呢。我们没有收到他们更改地址的通知。在收到通知之前，我们应该还是会给这个地址派件。”

我端详着他的脸，留意着他那浓浓的眉毛和宽宽的鼻子。

我不禁思考该怎么用文字来形容他。

“今天没有您的包裹，吉娜·菲洛梅纳小姐。”他用华丽的腔调宣布，“不过，我倒是有一些账单，但愿付钱的人不是您。”

第二天，我终于受够了等待和揣测，径直走到安东尼奥家的前门，用力敲了起来。我一次接一次地敲，一次比一次敲得响。敲了一阵后，我就坐在门前的台阶上等着。当我隐约听到里面有动静时，我又敲了敲门。

门轻轻地开了。

“怎么了？你想干吗？”

应门的是卡洛塔，她的头发从橙色变成了乌黑，而且满是参差不齐的棱角，好像有人用一把钝刀砍过一样。她眯着眼睛看我，面容因为恼火而扭曲变形。

“你干吗不停地敲门？出事了吗？这房子着火了吗？你想干什么？”

“我必须搞清楚安东尼奥怎么了。”

“必须？你究竟为什么必须搞清楚？”

“因为在学校……我们都想知道……他什么时候回来。”

“真的吗？是学校的人想知道，不是你自己想知道？”

“你没事吧?”我问。

“唉，得了吧。”她不耐烦地说，“我不知道他什么时候回来，也不知道他会不会回来。”说完，她关上了门，接着便是上锁的咔嗒声。

第四十三章
晕乎

我得了流感。接连五天，我除了睡了醒、醒了睡，走路歪歪倒，就是在发烧、寒战、迷糊和恍惚的状态之间反反复复，时好时坏。我依稀知道爸爸妈妈陪在身边，听得到他们抚慰人心的声音，还能感觉到他们愁眉不展的脸凑向我的脸。

我的梦里尽是满月和映照在一汪暗湖上的月光小径。在这种晕晕乎乎的状态下，我遇到了露琪亚天使和头上顶着青蛙的大象，还有一只正在吃红甘草糖的豪猪。

我在校车站瞥见了一群同学，便朝他们大喊："等一下，等等我——"可是他们没有听见，校车来来去去，就是不等我。"等一下——"我又喊，"等一下！我有作品要分享！"

第四十四章
惦记

回到学校后，我得知我不在的时候，玛姬和阿里夫都去我家看过我，可是没人应门。

“挺瘆人的，”玛姬说，“就好像你消失了一样。”

“可是莱特斯通老师跟我们说你病了。”阿里夫加了句。

我无意中瞥见了安东尼奥的课桌，结果当场就深深地吸了一口气，差点儿把自己呛到。

“他……他回来了？”我惊讶地问。

“谁？”阿里夫说。

玛姬贴着我说：“这是新来的男生，叫杰拉尔德。”

阿里夫低声提醒道：“他不太友好。”

我得亲自会会他。

那个男生身体瘦长，顶着一团乱糟糟、灰扑扑的褐色头发，活像一个脏拖把。而且他长着斗鸡眼、鹰钩鼻和瘦猴脸。当我走近时，他的头猛地一下抬了起来。

“怎么了？”他问我，“你想干吗？”

他的声音沙哑，就好像之前一直在扯着嗓子嚷嚷似的。

“我叫吉娜，之前生病了没来。你是新同学吗？”

“反正不是旧的。”他不耐烦地说。

“我的意思是新来这所学校的学生……”

“我知道你是什么意思。”

“你叫……”

“杰拉尔德。”

“大家都叫你杰瑞吗？”

“不，他们叫我杰拉尔德。”

他不配坐在那个座位上。

我觉得我掉了远远不止一个星期的课，因为别人提到他们读的书或者写的作品里的细节时，我竟然完全没有概念。

显然，阿里夫已经创造了一个错综复杂的架空世界，里面有城堡，有骑士，还有背叛。在我回来的那天，当他主动朗读其中一段时，我听得云里雾里。

“等等——谁是好骑士?”

“哦，那些你都错过了，吉娜。你得从头读起。”

玛姬正在写一个关于有魔力的老太太的故事。

“等等——她真的能把人变成动物吗?”

“哦，那些你都错过了，吉娜。以后我再给你补上。”

其他人都对弗雷迪的故事特别感兴趣，他的故事讲的是藏在地底洞府的宝箱。

“等等，獾党到底是好人还是坏人?”

“哦，那些你都错过了，吉娜。”

“他的故事真的好精彩，可惜你都错过了，吉娜。”

一到写作时间，新来的男生杰拉尔德就牢骚满腹。

“我讨厌写作。”

还有：

“写作无聊死了。”

还有：

“我不明白公告栏上的词语和图片该怎么用。”

莱特斯通老师走过去单独跟杰拉尔德解释，但他拒绝了她的帮助。

“这件事实在是太蠢了。”说着，他捏了捏他的鹰钩鼻，好像闻到了什么臭味似的。

“啊，”莱特斯通老师说，“弗雷迪？跟杰拉尔德说说你以前对我们的实验有什么看法。”

弗雷迪正在全神贯注地写他的故事。“什么？哦。没错，我以前也觉得这很蠢。”他把头贴得离作文纸更近了，“但其实不是那样。”

杰拉尔德两臂抱胸，抱怨道：“我的手都写疼了。”

“我们就试着写一分钟。你觉得你能坚持一分钟吗？”莱特斯通老师问。

“够呛。”

傲气的拖把头。

病后返校的第一天，我既因为荒废了一阵而手生，又没法集中注意力。我从公告栏上选了“倒影”和“幻觉”这两个词，然后就在接连卡住的情况下磕磕绊绊地挣扎。后来，我开始写生病的状态，写我周围的世界变得模糊不清，进而又写到安东尼奥和他独一无二的笑容。那种从容不迫、缓缓舒展的微笑，仿佛是由与他交谈的人触发的。

我意识到，安东尼奥笑的时候，他内心的某些东西正在对他在别人身上看到的某些东西做出反应。反过来，这也让对方看到了他身上的某些东西。这是一个对我来说意义深远的发现。

我瞥了一眼新来的男生杰拉尔德，他一脸不爽，呆板无趣，固执己见。他的表情反映的是他自己还是他对周围人的感受？还是说两者兼有？

当天结束的时候我才发现，竟然没有一个人提起过安东尼奥。

第四十五章
送餐员

厨房的工作台上到处都是面粉、鸡蛋、洋葱、大蒜、碎牛肉和西红柿。

“意面姑爷和意面姑奶来了吗？”说这话的时候，我的语气估计听起来如临大敌，因为我已经联想到了我那一片狼藉的卧室、需要换洗的被褥，还有全家面对他们来访时的毫无准备。

“不不不，吉娜，别担心，家里没来客。”

“那——这些又是怎么回事？”

爸爸看起来有点儿不好意思。“隔壁没给咱们送意大利面后，我倒开始有点儿嘴馋了。是的，你没听错。别用那种眼神看我。这也不是我能克制的事情。”说着，他用华丽的姿势把一盘肉桂烤面包和一杯可可饮料递给了我，“瞧，我可没有忘记烤面包和可可饮料的必要性。”

烤面包和可可饮料一如既往地让人舒适。吃饱喝足后，我们做了意大利面和酱汁。爸爸问我回学校的第一天过得怎么样，我说这一天过得迷迷糊糊，还给他讲了新来的男生杰拉尔德。最后，我用很小的声音补充说，没有一个人提起过安东尼奥。

“就好像他从来没有存在过一样。”

“啊。”

“我不明白怎么会这样。他明明做出了那么大的贡献。”

“给什么做了贡献？你的学校，还是你的班级？”

“给——”

“给什么，吉娜？你的世界吗？”

我说不出话，只能点点头，一边抽鼻子，一边抹眼泪。

“酱汁沾到你的脸上喽。”爸爸说。

我们的意大利面和酱汁做多了。

“剩下的给谁呢?”爸爸问。

“该你去找噼里啪啦一家了。”我提醒他。

“好吧，好吧。”

“也给隔壁的卡洛塔分一些怎么样?她最近估计也没吃过意大利面。”

“那个你去吧。”爸爸推辞道。

我对上次跟卡洛塔的会面仍然记忆犹新。“两边都你送，好不好?”

他用毛巾擦了擦我的脸颊，回答:“好吧，好吧，我来当送餐员先生。”

爸爸刚从噼里啪啦家送完意大利面回来，就第一时间锁上了家门。只见他头发倒竖，原本扎好的衬衫翻了出来，身上沾着面条，鞋带也松了。

“快，”他催促我，“躲起来!假装家里没人!”说着，他拉上前屋的窗帘，还跑去把后门也锁上了。

“什么情况?”

他弯下腰，把两手撑在膝上直喘气。

这时，前门传来了敲门声。

“不，别去应门，吉娜！快！上楼！躲起来！”

我跟着他上了楼。

“你倒是说呀！到底怎么了？敲门的是谁？出了什么事？”

“嘘，等等，听着。”

后门也传来了敲门声。我蹑手蹑脚地走到门厅的窗口，那里正好可以俯瞰后门的情况。

“爸，只不过是噼里啪啦家的小家伙而已啦。”

“只不过？！嘘，他们会听见的。”

话音刚落，楼下就传来了小家伙们的喊声。

“意大利面人！意大利面人！”

“出来，出来！”

“意大利面人！”

爸爸靠墙瘫坐到地上，一副失魂落魄的样子。他低声告诉我：“那些小鬼会把你生吞活剥的！他们饿疯了！”

老爸从拜访噼里啪啦家的历险中恢复过来后，立刻检查了一下我们家外面有没有小鬼潜伏。确认安全后，他才带上一锅意大利面去了隔壁的卡洛塔家。短短五分钟后他就回来了，手里仍旧端着那锅意大利面。

“吉娜，今天还真是个奇怪的日子。”

“卡洛塔不要意大利面吗？这也太没礼貌了。”

“不是卡洛塔。”

“是个女孩吗？她是不是有一头剪得丧心病狂的黑发?”

“是个女孩，蓝头发，剪得丧心病狂。”

“那就是卡洛塔。”我说。

“她说卡洛塔不住在那里。”

“那她说她叫什么名字了吗?”

“杜鹃花公主。”

“哈!”

“不，我是说真的，吉娜。她真的说她叫这个名字，而且看起来很认真。”

“那意大利面呢?”

“她讨厌意大利面，不过她倒是拒绝得很有礼貌。她说：‘先生，让您失望真是过意不去，可惜我杜鹃花公主对意大利面深恶痛绝。’听她说‘意大利面’的语气，好像这个词本身就很难吃似的。”

第四十六章
苏琪

第二天在学校，我选了“倒影”这个词，然后开始写卡洛塔和杜鹃花公主的故事，还有她们可能互为倒影的关系——也许杜鹃花公主就是卡洛塔更好的自己。可是，不一会儿，一堆关于幼儿园的回忆竟然不请自来地涌上心头。

在幼儿园待完第一天后，妈妈问我过得怎么样，我说还行。“大多数小朋友都很乖。”

“大多数小朋友？”

“是的，除了苏琪。”

“苏琪怎么了？”

“她听讲不认真，害得洛克特老师总得提醒她：‘苏琪！你有没有在听？这个你可得好好听哦。’”

“她会适应的，”妈妈说，“万事开头难。”

“苏琪还喜欢扔东西，比方说她的铅笔、蜡笔和纸。洛克特老师提醒她应该把东西捡起来，苏琪却说她太累了。”

随后的几周时间里，我每天都会急切地向父母汇报苏琪的最新表现。

“苏琪在听故事的时候睡着了！洛克特老师说：‘醒醒，醒醒，瞌睡虫。’大家都笑了，只有苏琪没笑，因为她真的真的好困。”

另一天：“苏琪在她的桌子上涂鸦，洛克特老师告诉她，她得洗掉那些字，而且从那时起，她只能在纸上涂鸦。苏琪说她不是在涂鸦，她是在画画。”

还有一天：“苏琪打了一个男孩，但她说是那个男孩先打了她，男孩说他没有。洛克特老师说在教室里不准打人。永远不准。”

几个星期后，妈妈参加了幼儿园的家长之夜活动，并且见到了洛克特老师。回家之后，妈妈说：“真是奇了怪了。我说苏琪的事情我都听说了，老师却问：‘苏琪？那是谁呀？’”

“呃……”

“不过她倒是记得你，”妈妈又说，“她说你的想象力特别丰富，虽然有时看起来很累，而且还没有习惯所有的课堂纪律，但是你正在适应。”

“嗯……她真是这么说的吗？”

“是的。”

“噢……”

后来，当爸爸或妈妈问我某天过得怎么样时，我会说一切都很好，还说我经常运用自己的想象力。

他们还会问：“苏琪呢？”

而我会回答：“她正在适应。”

这一切都是用“倒影”这个词抛砖引玉的结果。单单一个词竟然可以在我的脑海里另辟蹊径，把我引向新旧混杂的各种地点和人物。多么神奇！

我觉得自己脑子里的“小存钱罐”似乎正在酝酿着财富。

第四十七章
适应

接下来我写的是“适应”，我从关于苏琪和适应幼儿园的回忆出发，写到我们或许永远都在适应着什么：适应新的老师、新的学生和新的班级，适应我们遇到的每一个人，适应噪声、天气和食物。

我不禁好奇，究竟是什么东西或什么人塑造了我们，还是说我们在塑造着自己？

我想到了安东尼奥，想到了自己不再期望在校车站或他的课桌前看到他。我还想到了没有一个人提起他，好像他们因为安东尼奥没有任何预告或解释就抛弃我们在怄气似的。

“吉娜？”我发现莱特斯通老师蹲在我的课桌旁，“你还好吧？”

她递给我一张纸巾，然后轻轻地拍了拍我的胳膊。

“我只是在适应。”

“适应什么？”

“人生。”

莱特斯通老师又拍了拍我的胳膊。“啊，人生，”她沉吟片刻，“是啊，人永远都在适应人生。”

永远？

每天放学前，莱特斯通老师依旧会用手指从已经在黑板上写下许久的那两行字下划过：

你是谁？

你能成为谁？

对于这两行字，我们是不是已经适应到了视而不见的地步？我心不在焉地盯着黑板，突然发觉那个问题并不是“我是谁”，而是“你是谁”。

我困惑不已地环顾着教室。我不想再写自己，也不想再写我所知道的事情了，我想写我不知道的人和事。

那天在回家的校车上，我问了玛姬一个一直困扰着我的问题：“为什么没人提起安东尼奥？”

玛姬说：“哦，吉娜。”

坐在我们前面的阿里夫转过身说：“那些你肯定错过了。”

“错过了什么？”

玛姬说：“肯定是在你生病的时候。”

阿里夫解释说，之前许多人都因为想念安东尼奥而唉声叹气。有一天，弗雷迪说他不明白安东尼奥有什么大不了的，结果大家为这个打了起来。

“奥黛丽打了弗雷迪，弗雷迪打了雷纳尔多，还有人把弗雷迪的书扔到了地上——”

“我本来还想替弗雷迪说句公道话，”玛姬说，“可是后来他说安东尼奥很古怪，而且竟然有人赞同——”

“每个人都在大喊大叫。”

就在那时，莱特斯通老师建议大家冷静下来，花半个小时来写困扰他们的心事。

玛姬突然死死抓着我的胳膊，好像生怕我要从窗口飘出去似的。她说：“我觉得大部分人最后都写到了安东尼奥，只是没人愿意分享自己写的东西。”

阿里夫说：“我写了他倾听别人的样子，还有他脑子里冒出来的酷点子。”

“我还写了他的微笑——那种缓缓舒展的微笑。你知道我是什么意思吗？”

我知道。

“可是午餐时，克莱尔说她写的是安东尼奥在她看来多么奇怪，还有人说安东尼奥声称他看见过稀奇古怪的东西，比如大象和豪猪。”

“我不是故意的，”阿里夫也主动坦白，“但是我也提到了安东尼奥说他可以感觉到世界在转动这件事。”

“大概就是在经历过这些之后，我们便不再谈论安东尼奥了，”玛姬说，“可那是你生病时发生的事情，吉娜，所以你都错过了。”

第四十八章
骑士、老虎和獾

接下来的一周时间里，当同学们主动朗读他们在写的故事时，我看出了一些规律。

阿里夫的故事写的是一座遭受邪恶军队威胁的城堡，其中讲到了一位了不起的英雄：奥尼奥骑士。他既强壮有力，又恬静高贵。当他对人们——无论是敌是友——微笑时，对方也会从他那里获得一些力量。

玛姬写了一个老妇人，经她触摸过的人可以变成反映各自性格的动物，比如徘徊的老虎、腼腆的羔羊、狡猾的狐狸。唯一没受触摸影响的是一个某天早上出现在她家门口，主动提出帮她砍柴的年轻人。年轻人的笑容异常迷人，以至于给老妇人也施了魔法，把她变成了……什么东西——具体是什么，玛姬还不确定。

弗雷迪在他关于地下宝箱的故事里提到了一伙叫獾党的迷途少年，他们是宝箱的合法继承人。一个叫桑顿的男孩领导着獾党，可他实际上是个潜伏的叛徒。桑顿身材修长，有一头遮住一只眼睛的黑色鬈发。

原来如此。

他们并没有忘记安东尼奥，而是把他变成了自己故事里的人物。我不禁好奇，他们的故事还有哪些部分来自各自的生活。

现在，当大家都在写作的时候，那个新来的男生杰拉尔德——一个讨厌写作的人——开始画画了。起初，他不让任何人看他的画，但是随着时间推移，我们还是窥见了他的部分作品。他画了映在镜中的脸，画了阳光像匕首般穿透树叶，还画了在林中逶迤的迷宫。当他画出错综复杂的地道通向一座地下住宅时，我终于看出了玄机。我说：“你在参考公告栏，对吧？”

这时，阿里夫走到杰拉尔德的课桌前，念道：“在地底的洞府中住着——”

“不是霍比特人。”杰拉尔德一边说，一边用一只胳膊挡住自己的画作，“不过，我也绝对不会把什么面露微笑的家伙放进去。”

傲气的拖把头。

不过……

他的画倒是画得真不赖。

第四十九章
微笑实验

当晚入睡的时候，我琢磨着安东尼奥的微笑，琢磨着它是如何影响到那么多人。突然，我想到自己可以做一个实验：我为什么不能像他那样笑呢？

第二天早上，妈妈问我：“你为什么这么高兴？”

“哦，没什么。”

“那你干吗笑得这么开心？”

“人就不能无缘无故地笑吗？”

在校车站，玛姬问我：“你为什么这么高兴？外面冷死了。”

在学校，弗雷迪问我：“怎么了？你在看什么？有什么好笑的？”

就连莱特斯通老师也问："吉娜，你有什么好消息吗？"

大家都扭头看我。

我只好收敛了笑容。

午餐时，雷纳尔多低声对我说："我知道你那么笑是在干吗。你在模仿安东尼奥，对吧？"

"这是一个实验。你想参加吗？"

午饭后：

弗雷迪："有什么好笑的，雷纳尔多？"

阿里夫："是啊，为什么笑得那么灿烂？你是不是又捉弄谁了？"

克莱尔："你在动什么歪心思，雷纳尔多？"

玛姬："你和吉娜有什么秘密没告诉我们吗？"

那天余下的时间里，玛姬和阿里夫都没有跟我讲话。

雷纳尔多和我不再笑了。

第二天在校车站，微笑的人换成了玛姬和阿里夫。

"你们在乐呵什么？"我问。

玛姬和阿里夫异口同声地回答："没什么，没什么。"

在学校，露比问他们："有什么好笑的？"

克莱尔:“这是什么愚蠢的游戏吗？别闹了。”

他俩收敛了笑容。

第二天，露比和奥黛丽满面春风。

“嗨!”露比微笑着说。

“嘿，你好!”奥黛丽像哼着小曲似的说，同样面带微笑。

阿里夫说:“这不好玩。别闹了。”

她俩也收敛了笑容。

当天，杰拉尔德画了一套十格漫画，里面有各种各样的人在笑，而且嘴巴张大到了荒唐可笑的程度。后来，一个高大威武、披甲戴盔的人挥舞着闪闪发光的宝剑，走了过来。

“够了！”穿盔甲的人吼道，“别笑了！”那人举剑挥舞，让它时而翻转，时而飞旋。剑锋从谁身旁扫过，谁的笑容便消失了。

漫画的最后一格空着，杰拉尔德还没想好结局。

“呣……”莱特斯通老师喃喃自语，“呣……”

杰拉尔德很快就勾勒出了最后一格的草图，上面是一排面无表情、两眼茫然的人。

“哈，”杰拉尔德说，“没想到结果会是这样。看起来像一群羊。”

“脏兮兮的灰羊吗？”我问。

“啥？”

“哦，没什么。”

第五十章
多出的课桌

一夜之间，我们的教室里多了一张课桌。

“这是怎么回事?”弗雷迪问。

莱特斯通老师从她的签到簿上抬起头，眯眼看着那张空桌子，喃喃道:“嗯……”

朱迪女士出现在了教室门口，然后挥挥她纤细的手指，把莱特斯通老师叫到了走廊上。莱特斯通老师回来后，雷纳尔多立刻问她是不是遇到了麻烦。

“麻烦？我？”她心不在焉地碰了碰衣领上的瓢虫别针，“没麻烦，什么麻烦也没有。”

“多出来的那张桌子呢？那是怎么回事?”

“哦，我们明天可能会迎来一名插班生。就是这样。”

“插班生？”

“是谁呀？”

“男生还是女生？”

“是暂时的吗？比方说只待一天？”

莱特斯通老师说：“我们来写作吧，怎么样？”

于是，我们开始了写作。

我走在一条黑暗的小路上，四周都是茂密的树林。突然，一道明亮的月光从中穿透，照亮了小路上的一个陌生人。

吃午饭时，我得知另外几个人的故事里也出现了一名陌生人：

在阿里夫关于城堡的故事中，这个陌生人是奥尼奥骑士失散多年的父亲。

在玛姬关于老妇人的故事中，老妇人被那个有着迷人微笑的年轻人变得面目全非，成了一个自己完全不认识的人。

在弗雷迪关于地下宝箱的故事中出现了一号幽灵般的人物，他自称插班生。

后来，阿里夫在校车站说：“但愿插班生比杰拉尔德友好。”

第五十一章
有一次

第二天早上，多出来的那张课桌仍然空着。

“哦——”玛娅抱怨道，“插班生在哪里？我还指望今早能有点儿让人兴奋的事情呢。”

奥黛丽和露比也在空桌子旁徘徊。“你觉得会是男生还是女生？”

杰拉尔德从她们旁边擦身而过，砰的一声把书扔到自己的课桌上。

“可怜的孩子。”他嘀咕了一句。

那天上午，我焦躁不安，迫不及待地想要写作，迫不及待地想要平复杂乱的思绪。一个人是怎么理解事物的？

有一次，有些人在开始写作练习时遇到了困难，莱特斯通老师便说："你们也许可以试试吉娜做的事情。"

大家都扭头看我。我真想人间蒸发掉。

莱特斯通老师接着说："试着用'有一次'来开头——有一次我做了这个……或者看见那个……或者……随便什么都行，只要专注于那一次就好。"

我是这么做的吗？

阿里夫、玛姬和雷纳尔多看上去真心诚意地来了兴致，克莱尔和露比则不然，她们嗖地一下用眉头向我投来锯齿般的凶光。

后来，当我翻阅自己的笔记本时，我才发现莱特斯通老师是对的。我确实经常用"有一次"来开头。

也许我可以把自己混乱的人生整理成一连串的"有一次"。

所有单独的片段——比如莱特斯通老师、安东尼奥、玛姬、阿里夫、朱迪女士、意面姑奶、噼里啪啦一家、露琪亚天使、农娜·菲洛梅纳、大象、豪猪、月光路、苏琪、坦纳罗比一家、千层面和呱呱兔——它们加起来的总和是什么？它们能够组成回路、连接成串，进而赋予我意义吗？

我试图跟上自己大脑的节奏，试图从纷乱如麻的思绪中走出来。就在这时，一个词砰地一下出现在了我的脑海，并且像霓虹灯招牌一样熠熠闪光：作家。

当我靠在椅背上为之惊

讶的时候，朱迪女士突然出现在教室门口，向莱特斯通老师招手。

“插班生!”玛姬兴奋地叫道，“没准是插班生!”

整个教室都在窃窃私语：插班生！插班生？插班生！我们做好了迎接插班生登场的准备，所有人都朝门口伸长了脖子，有些人甚至迫不及待到半截身子离开了座位。

“坐下，雷纳尔多,”露比警告他，“你挡住我了!”

“为什么耽搁这么久?”

我真希望那是安东尼奥，真希望我能回到他还是新生的那一天。

此时此刻，我已经在脑海里开始了构思：有一次，来了一个新同学……

第五十二章 插班生

门再度打开后，莱特斯通老师走了进来，后面跟着一个穿白色毛衣和蓝色蓬蓬裙的女孩。她的脸蛋被黑色的鬈发簇拥着，身后有窗口流淌进来的日光，整个人看起来宛若天使。

莱特斯通老师对我们说："这位是卡利法同学。大家肯定有不少问题想问她，但我们也不要连番问得人家喘不过气，好吗？她的英语可不像大家那么流利。"

我好想进入卡利法的脑海，体会她的想法和感受。

"你有什么想说的吗？"莱特斯通老师问卡利法。

卡利法缓缓地环顾着教室，用直视的目光把我们每个人都打量了一遍，最后说："我尽量听懂你们的话。"

“我可以帮忙!”雷纳尔多主动请缨。

“我也是!”弗雷迪和另外四五个男生也不甘人后。

午餐时，有人问卡利法，在新的国家和新的学校，她会不会感到害怕。

“害怕？不，不会。这里好多了。”

那天她重复了好几次“这里好多了”。有一次她还加了句：“不用躲避拿着刀枪的士兵。”

整整一天，我都在边看卡利法，边想她从哪里来，有过怎样的生活。整整一天，我都在想安东尼奥来我们班的第一天有过怎样的想法和感受，我还想知道为什么生活中从来没人叫过他一声“儿子”。

第五十三章
代课老师

那周的星期三，莱特斯通老师缺勤了。

还没走进教室，我就知道有些事情不对劲，因为早到的同学都回到了走廊上，一脸愁容。

“我不想进去。”

“我要吐了。”

“你绝对不会相信……”

“是一个代课老师。”

“那又怎么样?”

“去看看吧。”

不看不知道，一看吓一跳。

竟然是去年那个可怕的尖老师。

相对于我，雷纳尔多跟她更处不来，这会儿干脆逃进校医办公室去了。“我做不到，”他说，“我实在做不到。”

那位让人感觉尖锐的尖老师——我不忍心写她的名字，就用英文“尖”(Pointy)这个词的首字母管她叫“P老师”好了——正在盯着莱特斯通老师留下的指示。“这个我一点儿也看不懂。”她说。

弗雷迪走到黑板前，写道：

今天是星期三，沉默日。

P老师皱起了眉头。

弗雷迪又补充了一句：

星期三我们只动笔，不动嘴。

“胡说八道。”P老师一边说，一边翻阅讲桌上的作文纸。

弗雷迪用手指划过“动笔”两字，然后转向我们，摆出了“开始”的口型。

大多数人很快就拿出笔记本开始写作，只有少数人——比如露比——似乎无所适从，还在观望。

P 老师情绪激动。她那瘦骨嶙峋的手指翻着作文纸，骨瘦如柴的胳膊上下摆动，尖尖的鼻子皱了起来，尖尖的牙齿泛着寒光。

我们埋头写作。

P 老师在教室里走来走去，越过肩膀挨个窥探。她走到哪里，哪里就响起尖头鞋的咔嗒声。

“你这是在做什么?”她问阿里夫。

阿里夫勇敢地指了指黑板，然后用一根手指抵住嘴唇。

“我在问你问题！回答我。”

阿里夫低声说:“今天是星期三，是沉默日。我们只动笔，不动嘴。”

“岂有此理!”她说。

我们继续写着，只有露比例外。她坐在那里，笔记本虽然敞开着，但她的手却僵硬地悬在半空。

P 老师继续在教室里走来走去，偷看我们的作文。突然，她在弗雷迪的课桌前停了下来，一把抓起他的笔记本，举在自己的尖脸旁边。

“什么来着？‘卡得死死地卡住了’？这是胡说八道！把你们的笔记本合上。快，现在就合上！”

我们照做了。余下的时间里，都是她关于句子结构的说教。我真恨不得爬进霍比特人的地洞躲起来。

第二天，我恳求父母允许我不去上学，可是他们却说“那可不行”。

“这么想吧，”妈妈说，“等莱特斯通老师回来的时候，你就有好玩的东西可写了。你可以把P老师变成一个邪恶的角色。”

那天，班上有一半的学生翘课了。

可是莱特斯通老师回来了。我们这些没翘课的人简直欣慰和感激得都要流口水了。

第二天，校长旁听了我们的课。

“我就是喜欢旁听来着。”她解释说。就是这位校长，几年前对我邂逅天使的事情处理得那么通情达理。我喜欢她。

然而，午餐时间却有一条谣言传得沸沸扬扬（露比造的？）：校长收到了针对莱特斯通老师教学问题的投诉，所以才来我们班旁听。

第五十四章
噩耗

第二天放学前，莱特斯通老师说她有一件事情要宣布。她看起来无比严肃。我生怕她说她要走了，我可受不了那样的打击。

“我很遗憾地告诉——”

“请不要说您要走了，”玛姬脱口而出，“请不要那么说。”

其他人这时才意识到这层可能，立刻倒吸了一口气。

“什么？什么？”

“您要走了？”

莱特斯通老师说：“看到有些人可能会介意我离开，我很欣慰。”

“我们所有人都是，”雷纳尔多说，“我打赌我们所有人都会介意的。”

“不过，那并不是我要宣布的事情。”莱特斯通老师说，“我不会离开的。”

大家都松了一口气，好几个人甚至鼓起掌来。

“不过，我很遗憾地告诉大家，安东尼奥不会回来了。”

“不——”

“哦，不——”

“别这么说。”

杰拉尔德问安东尼奥是谁。

莱特斯通老师看上去和我一样难过：“安东尼奥曾经坐在你现在坐的位置上。”

我感觉我的身体在漏气，像个扎破的气球一样越缩越小。

面对异口同声的“为什么”，莱特斯通老师回答，她也不知道安东尼奥为什么要离开。面对另一阵异口同声的“什么时候”，她说：“显然他已经搬走了。”

“什么?”阿里夫说，“已经走了?”

当时的我听起来大概像一只可怜的羔羊一样咩咩哀叫：“已经走了?”

其他人也纷纷插话：

“连声再见都不说？”

“真的吗？”

“他不喜欢这里吗？”

“他不喜欢我们吗？”

卡利法变得神色惊慌：“士兵来了吗？”

“不不不，”莱特斯通老师安慰她，“没有士兵，别担心。”

那天下午回家后，我把安东尼奥离开的事情告诉了爸爸。他说：“这就可以解释为什么会有那辆搬家卡车了。今天早上来的。我走过去想看看能不能帮上忙，可是除了搬家工人，什么人都没有。老奶奶不在，安东尼奥不在，那个叫什么来着的公主也不在。”

我简直不敢相信。“可是什么也不说，直接走人——”

“哦，我们的信箱里有一个写着你名字的小包裹，”他一边说，一边递给我一个包在报纸里、用细绳绑着的小包裹，“没有邮戳，肯定是谁放进去的。”

包裹里面是一个小小的蓝蛙雕塑。当我把它虚握在掌心时，我的拇指开始不由自主地抚摸它光滑的背部。

里面还附有一份简短的说明：

这是给吉娜的。安东尼奥制作了它，想送给吉娜。把它握在手里，你会感到平静。——卡洛塔（杜鹃花公主）

的确，手里有一件光滑而坚实的东西可以抓住，感觉怪舒服的。

那天晚上，我想起了农娜·菲洛梅纳最近发来的关于露琪亚天使的新闻：

露琪亚天使最近在我们的小村子里忙坏了。每年十一月，人们因为寒冷和黑暗而变得性情乖戾、粗暴无礼的时候，她就总是这样忙忙碌碌的。

有一天，她让十来只小狗在镇上的广场上撒欢。另一天，她在弗兰科尼老先生的台阶上放了一架手风琴，在乔尔多老妈的台阶上放了一篮热面包，还在佩斯托夫人家的台阶上放了一把小提琴。

所以说，露琪亚天使并不是只会扔松果、冰雹或者敲人脑袋，有时她也会给人们带去小狗、面包和音乐。

这一套挺管用的。人们感觉好多了。

第五十五章
我看见了

当天晚些时候，夜幕降临之际，我从家里的前窗看到了一幅奇怪的景象：一个巨大而臃肿的灰色身影正在缓慢前行，它的肩上有一小团蓝色的东西。

这就是大象和青蛙吗？

当我开门去看时，大块头和小不点儿都挥了挥手。原来大块头是克拉弗蒂先生，他穿着一件灰色的雨衣，而他的肩上坐着一个穿蓝色夹克的小克拉弗蒂。

那只咿呀叫唤的小狗跟在后面，身上的毛乱七八糟地竖着，嘴里叼着自己松软的红色狗绳。

这就是吃红甘草糖的豪猪吗？

这时，我不禁想到安东尼奥见过的那对脏兮兮的灰羊，想到杰拉尔德画的那群羊，还想到我们当中的许多人在他眼里，无论笑或不笑，也许全都在叽叽喳喳地说个不停。

我不知道煎饼般的光团和滴着花粉的红花——安东尼奥和我分享的第一个幻象——原本是什么，也许总有一天我会发现的。

我真想一探安东尼奥的未来，看看他会成为什么样的人。

第五十六章
分享

有一天，我在课堂上再次写到了 Mångata，也就是月亮在水面投下的光路。我突然意识到，要想营造这种惊人的效果，月亮和水都离不开对方：没有了水，月亮只不过是天上的一团亮光；没有了月亮，水只是幽暗无物的一片虚空。

当莱特斯通老师要大家主动分享自己的作品时，我自告奋勇地念了我的。念完之后，教室里只有一片诡异的沉默。我的心里七上八下。难道我写的东西很蠢吗？

雷纳尔多说："听你现在一说还真是这样，虽然我从来没有这么想过。"

弗雷迪说："关键是两者的结合，对吧？正是因为这种结合才变得特别。”

莱特斯通老师把一根手指放在下巴上，沉思片刻。“嗯，是的。月亮放大了水的美，水也放大了月亮的美。”她缓缓舒展、毫无保留的笑和安东尼奥的笑是那么相像。

得到认可了。我感觉好多了。

提起这个是不是有点儿傻？

毕竟一个人不是一个微笑就能代表的。

我知道。

我在修改那篇关于 Mångata 的短文时，用这段话给它收了尾：

我知道月亮不需要水便很壮丽，水不需要月亮也能悦目。可是水月相映——啊！美不胜收。

第五十七章
快进：二十年后

安东尼奥离开一个月后，我收到了他寄来的一张明信片，上面说他真希望能有时间和大家告别，只是他也不知道自己会一去不回。几个月后，他又写了一封信来解释，他说他的祖母病了，所以他们不得不搬到纽约州的一个叔叔家。这次他留了一个地址，好让我给他回信。

就这样，我们一通信便是20年，有时几个月一次，有时间隔更长。再次见到他已经是大学时的事情了。不过，不久之后我们就会住在同一个城市。安东尼奥是一位剧作家，目前他最为人熟知的东西除了戏剧《月光路》(*Mångata*)，就数他作品中那些别具一格的意象了：大象和青蛙，豪猪和甘草糖，飞速生长的植物，从天而降的光团，还有月亮和湖泊。

玛姬、阿里夫、弗雷迪、雷纳尔多和我虽然分散在全国各地，但一直是朋友，而且时不时会见上一面。交代他们的现状不难，只是每个人都至少需要一本书的篇幅，这样才能记述他们在抵达此时此地，成为这个复杂个体之前起伏跌宕、百转千回的历程。不过，以下是精简版：

玛姬既是一个善解人意的朋友，也是美国国家航空航天局的月球研究员。阿里夫是一名专注于环境问题的活动家和记者，他的使命不是别的，正是拯救地球。

弗雷迪学的是戏剧，他曾经一边当服务生，一边参演过几部百老汇戏剧——其中一部的主演是安东尼奥的表姐卡洛塔。去年，他取得了重大突破，出演了他的第一部电影——一部喜剧。我觉得我们应该会在银幕上看到更多他的身影。

雷纳尔多成了一名英语教师，并且娶了卡利法（插班生）。他俩都在莱特斯通老师给我们当老师时所在的那所学校工作。

莱特斯通老师如今已是福图纳夫人，育有三个孩子。她依然在我们的母校当老师，依然在每天激励着学生。与她相处的那一年是我人生的分水岭，我怀疑这对其他许多人来说也一样。

时不时地，我会听到一点儿关于奥黛丽和露比的消息。奥黛丽在一个叫“奔跑的红头发”的摇滚乐队里当歌手，露比则管理着一个专门救助老马的救援机构。

杰拉尔德现在是个漫画家，我每天都在报纸上看他的漫画《绵羊国》。

自从我们毕业后，克莱尔似乎就没了音信。

郁闷先生老死了，噼里啪啦家那只咿呀叫唤的狗也是老死的。

噼里啪啦－克拉弗蒂家仍然有人住在我们的老街上。我听说他们当中有一个人当了厨师，有一个当了杂货店老板，其他几个成了消防员、飞行员、服务员和图书管理员，还有一个进了监狱。对了，他们也都有很多孩子。

意面姑爷和意面姑奶绝对不是隐形人，他们正在一家养老院“大闹天宫”。姑爷还想吃他的意大利面，姑奶也还想给他做，因为这就是她的沟通方式。她说：“爱谁，你就给他们做意大利面。”可惜，由于她（意外）引发了好几次火灾，现在她已经不能在没人监督的情况下进入养老院的厨房了。

我的父母请了一年的假，去意大利陪伴农娜·菲洛梅纳。九十九岁高龄的她仍然不断向我提供着露琪亚天使的最新动态。最近，露琪亚天使往路易吉兄弟的烟囱里扔了老鼠，因为他们毒死了斐波奇诺夫人的猫。

朱迪女士退休了。她和玛琳女士正忙着参加妇女权利组织，学习日语，上瑜伽课，或者从当地动物收容所领养两三只狗（数目不定）。

至于我，吉娜·菲洛梅纳，现在的我是一名作家，准确地说是小说家。我有一本书写的是噼里啪啦家那样的大家庭，有一本书围绕一位意大利奶奶展开，还有一本书描写了一位性情古怪的天使，而且我在好几部作品中都塑造了伟大老师的形象。另外，月亮和水（河流、湖泊、溪流、海洋）几乎在我写的所有东西里都出现过。

你刚刚就读完了一本我写的书。所有那些零落的片段和“有一次”都在我心头萦绕着。我了解到，我们大多数人都有强烈的交流需求，但我们交流的方式不尽相同。我还了解到，人生的路上虽然人来人往，但是许多人会在你生命中留下痕迹，会在日后长久地塑造你，影响你。而你，同样会在他们的生命中留下痕迹。

阅读这本书的草稿时，安东尼奥说：“月亮好像照在你这片海洋上呢。”

也许我的下一本书会写一个从来没被人叫过儿子的男孩。

有很长一段时间，我都认为我不会结婚。我喜欢独立。可是最近，我一直在重新思考这个问题。

安东尼奥和我就像月亮和水，也许我们会是不错的一对呢。

你觉得呢？

说到这里，我也想问你：

你是谁？

你能成为谁？

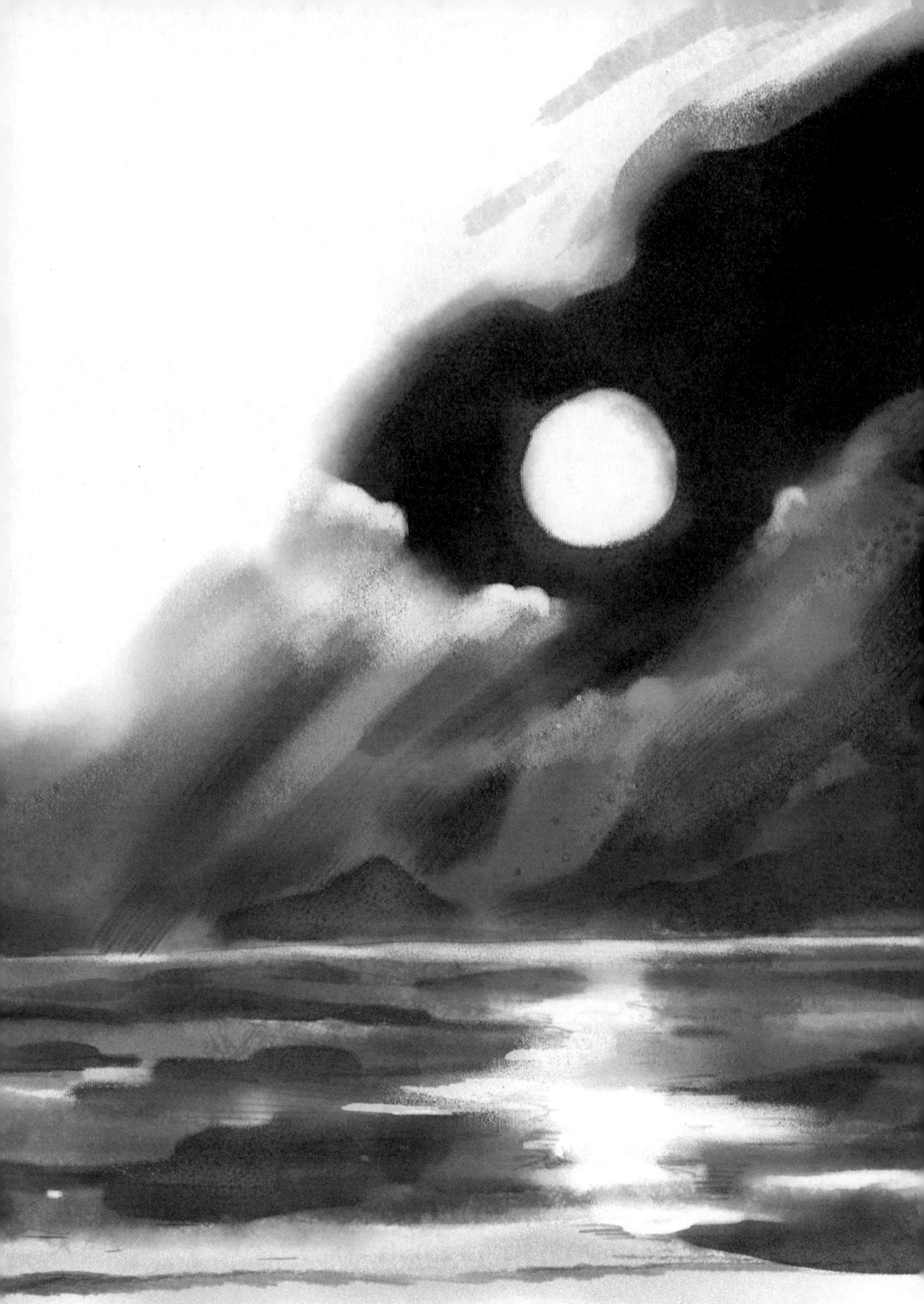

我想美得不可思议，而且无所畏惧，犹如两肋生翼。

——玛丽·奥利弗